ラルーナ文庫

白鶴組に、花嫁志願の恩返し。

高月紅葉

三交社

CONTENTS

Illustration

小路龍流

白鶴組に、花嫁志願の恩返し。

本作品はフィクションです。
実際の人物・団体・事件などにはいっさい関係ありません。

1

彼は、燃えるような目をした少年だった。

夢の中の慎也《しんや》は子どもの姿をしている。

団地の外は土砂降りの雨で、窓ガラスが濡《ぬ》れていた。

母の仕事先の同僚は、なぜだかいつも慎也を待っている。外回りのついでに様子を見に寄ると、母には笑顔で話していたが、本当の目的は別にあった。

指先がうなじを撫《な》でてきて、慎也は逃げ惑う。怒鳴られ、脅され、そして猫撫で声で呼び寄せられる。男が興奮すると、慎也は動くこともできなくなった。悪いことだと知っていたからだ。

母にも言えない恐怖でがんじがらめになり、夢だとわかっていても、結末を知っていても、息が止まりそうに苦しくなる。

助けて、と心の中で叫んだ。助けてやる、と言った少年の鋭い目つきが脳裏をよぎった。

窓ガラスの割れる音がして雨が吹き込み、誰《だれ》かがベランダから飛び込んでくる。それが、あの少年だった。燃えるような目で少年は叫んだ。

雨樋《あまどい》をつたってベランダを登った全身はずぶ濡れで、伸ばしっぱなしの髪が額にかかっている。

慎也の胸の奥が震えた。

恐怖心が高揚感にすり替わり、当時は感じなかったはずの想いに囚《とら》われる。

ありがとう、と言いたかった。

でも。言えなかった。

夢はいつもそこで途切れ、覚えていたはずの顔も忘れてしまう。慎也はぼんやりと目を開く。

胸の奥が熱い。夢の中に現れる少年のまなざしで焦がされたような痛みだ。ぎゅっと布団を握りしめた。

ありがとう、と、口の中でだけ言ってみた。

＊＊＊

陽気な笑い声の母親に背中を押され、里見《さとみ》慎也は病室を出た。

「若い子が、こんなところに長居しないで。それだけでお義母《かあ》さんの気が滅入るわ」

「そんなこと言わないでよ。……また来るからね」

出入り口の向こうに見える白髪の老婆へ気安く手を振る。今日はからだを起こしていられるほど元気だったが、慎也が帰ればまた眠るのだろう。

少しずつ起きている時間が短くなっていくようだと慎也の母・澄子《すみこ》は言った。

「いいのよ、慎也。無理してお見舞いに来なくても」

ふっくらと丸い頬《ほお》に手をあてて、澄子はため息をつく。それさえほんわかと優しげだ。

父親は慎也が小学校低学年のときに病死した。大きな病気を抱えていたわけじゃないが病弱で、肺炎をこじらせて帰らぬ人となった。

残された澄子と慎也は肩を寄せ合うようにして、細々と暮らしてきたのだ。裕福じゃなかったが、笑顔の絶えない幸せな家庭だった。それも澄子の陽気さがあってのことだ。

「母さんこそ、からだには気をつけてよ」

澄子が入院に付き添って介護しているのは、三年前に再婚した相手の母親だ。澄子と義母は仲が良かった。

再婚のきっかけも、ふたりが同じ職場で働いていたことだ。

相手はバツイチで七歳年上。成人した子どもが三人いるが、離婚した元奥さんとも円満に連絡を取り合うほど穏やかな男で、澄子も内心ではベタ惚《ぼ》れしている。

ふたりが籍を入れたのは、慎也の大学進学の翌年だった。

再婚家庭の邪魔をしたくない慎也にとっては、見舞いがてらに顔を見るぐらいがちょうどいい。ふたりとも忙しく、慎也が意識しないと、一ヶ月ぐらいは連絡を取らないまま過ぎてしまう。

「……あら、雨ね」

澄子に言われて視線をたどる。エレベーターホールのそばにある談話スペースの窓が濡れていた。窓越しの空は雨雲に覆われて暗い。

「通り雨じゃなさそうね」

「折りたたみの傘はあるから」

スマホの天気予報通りだ。

「そう？　でも、気をつけて帰ってね」

雨が激しく吹きつける窓から目をそらし、澄子は心配そうに微笑《ほほえ》んだ。

「ねぇ、慎也。あのこと、覚えてる？」

ふたりの乗ったエレベーターがロビー階に着く。乗り合わせた人々が降りていき、続く慎也の背中に届いた母親の声はどこか硬質な感触がした。

答えずにいると、澄子が隣に並んだ。

「当時のことを知っている人がね、やっと見つかったの。名前、わかったのよ。聞く？どうする？」

立ち話で済むことではないように思ったが、あっさり済ませたい母の気づかいが透けて見え、慎也は引っ張られるままにロビーの端へ寄った。

親子ふたりで肩を寄せ合って過ごした穏やかな幸福は、忘れられない大事件の裏返しだ。彼が背負った罪を思えば、絶対に不幸にはなれなかった。そう心に決めたことが、澄子の再婚を長く遠ざけてきた。

当時、慎也は小学校五年生で、母の留守宅へ帰る『カギっ子』だった。そして、誰のことも疑わない純真な子どもだった。澄子もまた、自分の子どもが小児性愛者の標的になるとは想像もしなかったのだ。

胸の奥がちくりと痛み、顔を覗《のぞ》き込まれた慎也はうなずいた。

あの頃のことを話すとき、澄子と慎也はいつもと違い、よそよそしくなる。

「きしもと、たけひこ、くん。……彼の名前よ」

澄子の言葉に、慎也はじっと黙り込む。漢字で書けば『岸本武彦』だと言われた。

「名字が変わったんですって。あの頃は団地のそばの古いアパートに住んでいて、養護施設に出たり入ったりしていたそうよ」

「いまは？」

「それがね」

澄子の表情が曇った。

「ヤクザなんですって」

「ヤクザ」

「そう。ヤクザ。白鶴《はくつる》組っていってね。隣町にあるそうよ」

「あー……」

と、しか言えなかった。記憶の中にいる少年は、確かにそうなってしまいそうな粗暴さを持っていたからだ。

見上げるほど大きな男に対しても怯《ひる》まず、慎也が思いつきもしない罵声《ばせい》を浴びせていた。

「ごめんね。嫌なことまで思い出させたわ」

「違う。違うよ」

慌てて首を振った。知りたいと言ったのは自分だ。

「恩返しなんて、できそうにもないね」

ため息をついて答えると、澄子の目は慎也の様子を探るように細められた。ほんのわずかな変化さえ見逃すまいとする母親の表情だ。

「そうね……。いまさら関《かか》わらない方がいいって、彼について教えてくれた人にも言われたわ。……あら、田中《たなか》さん」

もう忘れろと言えない澄子は、会話を切りあげる絶好のタイミングを見つけ、向こうからやってくる老人を呼び止めた。

「やぁ、澄子さん」

見事に禿《は》げあがった頭は光沢を帯び、強面《こわもて》の顔には皺《しわ》が深く刻まれている。笑うと皺の数が増えた。キャスター付き歩行器に掴《つか》まり、ゆっくりと歩いてくる。

「これが噂《うわさ》の息子さんかな」

澄子に引き合わされ、慎也は行儀よく挨拶《あいさつ》をした。田中と名乗った老人は、渋みのある顔でにこりと笑う。

「確かにきれいな顔立ちだ。自慢に思うのもうなずける」

母と息子はそれほど似ていない。慎也と父親も、あまり似ていなかった。慎也の顔は、父親と母親のいいとこどりをしているからだ。

くりっとした大きな瞳《ひとみ》に柔らかなアーチの眉《まゆ》。薄いくちびるは口角が上がっていて、第一印象の良さが長所だと言われたこともある。相手は高校の教師だった。

「女手ひとつで育てあげるのは大変だっただろうね。うちのチビも、立派に育つといいが……」

「ご両親に代わってお孫さんを育てているそうよ」

澄子がすかさず言葉を挟んだ。

「うちは大所帯なもんでね。わしがおらんでも面倒を見る人間には困らないんだが……」

田中の表情が曇る。

「そんなに会いたいなら、連れてきてもらったらいいのに」

「いやいや。それは、わしの勝手が過ぎるってもんだ。会えば別れた後がさびしくなる。子どもなら、どれほどのものか……」

ふぅっとため息をつき、田中は遠い目をした。ロビーの向こう側は降り続ける雨でどんよりと暗い。

「じゃあ、早く良くなって帰らないとね」

「ここはタバコも自由に吸えないんだからなぁ。刑務所と変わらんよ。あんたも、からだにはじゅうぶんに気をつけることだ」

田中の視線が慎也へ向いた。

「学費を自分で稼いどると聞いたが、若者は遊ぶものだ。頼る親があるなら、強情はいかんぞ」

初対面の慎也に対してズバリと言い放ち、説教めいてしまったことを悔いるように肩をすくめた。

「おかしなおじいちゃんでしょ。ご家族には『じじぃ』なんて呼ばれてるのよ」

腰が痛いとぼやきながらエレベーターホールの方へ歩き去った田中を見送り、澄子が言った。

「お孫さんのことがよっぽど好きなのよ。枕元《まくらもと》に写真を置いてるの。会えば、泣くのは田中さんの方なのよねぇ……」

「来たことはあるんだ？」

「一回だけね。ヨモギモチを作る約束してたわよ」

「ヨモギモチ？　ヨモギって売ってたっけ」

「あら、嫌だ。そのあたりで摘《つ》んでくるのよ。慎也だって土筆《つくし》をたくさん摘んできてくれたでしょ？」

　陽気に笑った澄子が歩き出す。

「春の愉《たの》しみなのよ。もう季節が終わってしまったから、お店にも並ばないわね」

「ふぅん」

「興味なさそう」

　男の子だものねと顔を覗き込まれ、慎也は心外だと視線で言い返した。これでも働きに出ていた母の代わりに家事全般をこなしてきた。特に家庭料理に関しては自信がある。いかに低予算でおいしく仕上げるかが腕の見せどころだ。

「母さん、さっきのおじいさんにおれのこと、素直じゃないって愚痴った？」

　不意を突いて聞くと、澄子は驚いたように目を丸くした。

「あら、やだ。その通りよ。ねぇ、慎也。公務員になってくれたら、それはもちろん安心よ。でも、急いで就職しろとは言わないから……、あんまり頑張らないで」

「私だってね、若い頃はたくさん遊んだのよ？　苦労ばっかりしてきたわけじゃない。……我慢することがいいことだと思わせたなら」

「頑張ってないよ」

「あぁ！　そこから先は！」

慌てて両手を振り回す。

「思ってないから！　これがおれのやり方なんだよ。そうじゃなかったら、留年も休学もしてない。もう少し、考える時間が欲しいだけだから……こっちこそ、ごめん」

国公立の大学入試が軒並み不合格になり、浪人したら大学進学自体に迷いが出そうで定員割れしていた私立大学を選んだ。

学費はけっこうな金額だ。結局、二年のときに一年間の休学をして、三年生で一回の留年。それが去年のことで、現在、二度目の三年生だ。

母親の再婚に合わせて始めたひとり暮らしの生活費が負担になっていたが、アパートの賃貸料は義父が援助してくれている。学費と生活費の心配もしなくていいと言われたが断った。

それでなくても、母の再婚は金銭目的だと思われる。義父と義祖母がかばってくれても、だ。

「謝らないで、慎也。知っていて欲しいだけだから。……勉強して、遊んで、恋をして、自分の好きな生き方を探してね。それが私と、死んだお父さんの願いだわ」

裏口から病院の外へ出ると、濡れたアスファルトの匂《にお》いがした。

慎也はいつものように明るく別れの挨拶を口にする。なにごともなかったようにふるまうのは得意だ。あの事件の後から特にうまくなった。

カバンを肩にかけ直した慎也は、折りたたみの傘を差しながら雨の中へ出た。

一度だけ澄子を振り向く。手を振って、その後はもう立ち止まらない。足を止めたら、振り向いたら、お互いの中にある鬱屈《うっくつ》が相手に知られてしまう。

母の静かな声を思い出し、慎也は傘の柄を強く握りしめた。

雨脚は思っていたよりも激しく、病院の敷地を出る頃にはジーンズが膝《ひざ》までびしょ濡れになる。あたりは夕暮れのように暗く、遠くで雷の鳴る音がした。

歩道のない狭い路地は車の往来も少ない。アスファルトの上を流れる雨水が側溝へと流れ込むのを見ながら、慎也はくちびるを噛《か》んだ。

母がいい顔をしないとわかっていたが、やっぱり、いまの彼に会ってみたかった。言葉は交わさなくてもいい。燃えるように鋭い、不満げな瞳は、いまも変わらないのか。繰り返し夢に見る彼の顔を思い出したいだけだ。

摑んだ傘を、雨が激しく叩《たた》いた。記憶が淀《よど》みながら甦《よみがえ》る。

武彦と出会ったのは、執拗《しつよう》に繰り返される性的ないたずらに困り、母の同僚の目を盗んで逃げ出した日のことだった。

飛び込んだ公園の低木の陰にいたのが彼だ。タバコを吸い、雑誌を読んでいた。あきらかに未成年とわかる背格好の武彦は迷惑そうに顔をしかめ、慌てもせずに咥《くわ》えタバコで立ち上がった。

彼がその場から出ていったことで慎也は男に見つけ出され、その場でお仕置きという名の『いたずら』をされた。恥ずかしくていたたまれなくて、だけど誰にも知られたくなくて、声を殺して泣きながら耐えたのだ。

そして、あの日も、雨が降っていた。

慎也が学校から帰ると、団地の階段の陰に武彦がいて、出し抜けに、あの男は父親かと聞かれた。そのときは気づかなかったが、初めて会ったとき、慎也と男のやりとりを見ていたのだ。

あんなことは、大人が子どもにすることじゃない。と、武彦は恐ろしいほどはっきり言い放った。

慎也は勢いに負け、助けてやると言った武彦にうなずいた。自分をもてあそぶ男よりも、自分の目の前に立つ少年の物言いの方が怖かったのは、おまえは虐待されていると指摘され、慎也は気づくまいとしていた真実に傷ついたからだ。子どもにも自尊心はある。

「武彦……」

傘を叩く雨音の中で、ささやかにつぶやいてみる。

ベランダの窓ガラスを割って入ってきた武彦に「逃げろ」と言われ、慎也は靴も履かずに飛び出した。雨は激しく降っていて、慎也はびしょ濡れになりながらあたりを逃げ回った。結局、行くあてがなくて団地に戻ったが、そのときにはもう団地の前は騒然となっていた。

パトカーと救急車が赤色灯をくるくる動かし、雨が赤く滲《にじ》む中、警官に連れられた武彦はふてぶてしく出てきた。

慎也に気づいた彼は、わずかに笑っていた。自信ありげに、満足そうに。くちびるの端を片方だけ上げて。

いたずらをした男は、バットでめった打ちにされたのだ。大けがだった。

「武彦」

もう一度、声に出す。雨の音が、周囲の音を消してしまう。

よく覚えていないのに無性に会いたくて、知らないから知りたいのだと気づく。

助けてもらえなかったら、慎也は犯されるはずだった。泣き声の響かない雨の日を、男は待っていたのだ。

目を伏せた慎也の顔に、雨は横殴りに吹きつけてくる。傘を差していても濡れるほどの豪雨だ。

あの日、武彦が守ったのは、慎也の貞操だけじゃない。肉体でも、心でもない。大人は見向きもしない『子どもの尊厳』だった。助ける代わりの条件は、すべてを自分の口で母親に話すことだった。

すべてを母に話せたことが、その後の慎也の人生を救った。よそよそしさはあっても、親子の仲が変にこじれたりしなかったからだ。

スマホを取り出し、ネット検索に『白鶴組』と打ち込んだ。ヤクザにしては変な名前だと思いながら検索ボタンを押すと、あっけなく地図が出る。業務内容は登録されていないが、社名の扱いになっているらしい。住宅街の中にマーカーがついていた。

母への罪悪感を覚えながらも、あきらめきれずに行き先案内へ登録する。慎也は目を細め、くちびるを引き結ぶ。

誰かに惹《ひ》かれるたびに、自分の過去が脳裏にちらついた。そして、恋をあきらめるたびに彼を思い出した。

夢に見るとせつなくなる。思い出せない顔をどうにか想像したくて、胸の奥がきつく痛んだ。

ふたたびくちびるを引き結び、アスファルトを叩いた雨の跳ね返りに眉をひそめた。

電車に乗って三駅移動する。スマホの案内に沿って歩いた。

雨脚は弱まりもしない。慎也は傘を強く握りしめた。

自分が女の子を好きになれそうにないと気づいたのはいつだっただろう。過去のことを言い訳にしてきたが、高校生のときには性癖を認めた。

そのときも彼のことを思った。これは恋じゃない。だけど、ずっと囚われている。

このまま誰とも深く付き合えないなんて、それも悲しい話だ。言い訳しながら歩き、過去を乗り越えられない自分自身の臆病《おくびょう》さに苛立《いらだ》つ。豪雨の中、歩調を速めた。水溜《みずた》まりを踏んで歩き、路地を勢いよく曲がる。

瞬間、目にライトが差し込んだ。ハッと息を呑《の》む。水を跳ねあげて走ってくる車が見えた。

とっさにかわしたが、もろに泥をかぶる。顔までびしょ濡れにされて、文句でもつけてやろうと思ったが、もう角を曲がってしまって見えない。

慎也は苛立ちまぎれに傘を下ろした。瞬間。傘先が硬いなにかにぶつかった。腕が引っ張られ、からだが傾《かし》ぐ。

接触を避けようとしたのと同時に、速度を落として接近していた後続車が急停止した。慎也のバランスが崩れる。

踏ん張ろうとした足が側溝へと滑り、慎也はそのままの勢いで横転した。

ガツンと鈍い音がして、目の前に星が飛んだ。頭に痛みが走る。けぶる景色が瞬き、呻《うめ》く間もなく意識が遠のく。

容赦ない雨がからだを打ちつけ、アスファルトに溢《あふ》れた泥水が顔へと流れた。

「おーい。おーい」

誰かが呼びかけてくる。若い男の声だ。

「やっべぇな。死んだかな」

そっと揺すられて、目を薄く開いた。

「……おー、起きた。頭、どうよ」

「ん……、あた、ま……？」

寒さを感じて寝返りを打《う》つと、見ず知らずの若者がいた。濡れた黒髪をルーズなオールバックにして固め、眉は吊り気味に手入れされている。

その向こうは壁だ。と、思ったが、違う。若者は横長のイスの上から慎也を覗き込んでいる。

「ここ、どこ……」

座面に摑まってからだを起こすと、反対側にもイスの背があった。やけに狭い。そして、目の前には窓のついたドア。車の中だとようやく気がついた。慎也はリアシートの足元で転がっていたのだ。全身がシャワーでも浴びたように濡れていた。

啞然《あぜん》としている目の前で、ドアが勢いよく開く。

「おら！　健二《けんじ》！　ジジィの見舞いはどうし……、てめぇ、……まじか」

怒鳴り声が尻《しり》すぼまりになる。ドアを開いた男は動きを止めた。

「ハネたわけじゃねぇんだよ。ぶつかってきたから、車を停めたら倒れて……」

健二と呼ばれた若者が、膝を揃《そろ》えて振り向いた。細眉のいかつさとは正反対に、しぐさが子どもっぽい。

あきれ顔になった男がまた怒鳴った。

「それをハネたって言うんだろうが！　どーすんだ！　ってか、連れてくるな！」

「だって、陽《よう》ちゃんが連れてこいって言ったじゃん」

「言ってねぇ！」

「言ったよ！」

「……すぐに帰ってこいって言ったんだよ！　なんで、連れてきてんの。あー、もう。ひとりで行かせるんじゃなかった」

盛大なため息をついた男は、すぐに気を取り直す。健二より年上のようだが、まだ二十代前半だろう。若い。

「うちのバカがすみませんでした。家はどこですか。送っていきます。服のクリーニング代と治療費は払いますから、ご心配なく。この雨じゃ、現場検証もできないし、いまさら事故で通報は面倒でしょう」

　ドア枠に膝をついた男から立板に水の勢いで言われ、

「家……えっと……」

　慌てた後で気づく。

「え？　どこだっけ」

「は？」

　男が首をひねった。明るい茶色に染めたショートヘアは軽やかで、繁華街にたむろしている不良タイプだ。いかにも女の子にモテそうな顔立ちにいかつさはなく、どことなく甘い。

「もしかして、頭、打った……？」

「そうそう。それでさ、ヒコさんの名前が出たから……」

「健二。ちょっと黙ってろ。名前、思い出せますよね？」

　顔を覗き込まれ、眉をひそめて見つめ返した。男がたじろいだふうに身を引く。

「なに言って……、自分の名前ぐらい……」

　答えようとしたくちびるが空動きする。男たちの視線が突き刺さるようでいたたまれない。

「え……名前……。え？」

「思い出せない？」

疑わしげに見つめられ、ふるふると首を左右に振った。自分の名前だ。忘れるはずはない。なのに、いつまでたっても固有名詞が出てこない。

「……さと、……さと……」

「わー、これって記憶喪失ってやつ？」

健二がのんきな声で言い、男はぐったりと後部座席に顔を伏せた。

「どーすんだよ、健二。俺は知らないからな」

「知らないって言ったってさぁ、陽ちゃん。仕方ないじゃん。じゃあさ、雨の中、転がしたまま置いて帰ったらよかったわけ？　こんなきれいな顔なのに」

「陽ちゃん？」

繰り返すと、健二は人懐っこく笑って振り向いた。

「陽介《ようすけ》だから、陽ちゃん」

「黙ってろ、バカ健二。……あんた、男だよな」

聞かれてうなずく。

「男ならいーだろ。捨てとけよ。連れてくるなよ。ヒコさんにどやされっぞ……。っていうか、ヒコさんのことを知ってたから連れてきたんだよな」

「うん。倒れてるから声をかけたら、そう言った」

「どう言ったんだよ。ほんと、バカだな！」

陽介が全力で罵《ののし》っても、健二はどこ吹く風だ。

「ヒコさんの知り合い？」

うんざりした顔の陽介がまた尋ねてくる。

「……たけ、ひこ……？」

だから、『ヒコさん』なのだろうかと思う。

「どういう知り合い？」

「……昔の……。お礼を、言いたくて」

「フルネーム、知ってる？」

「……えっと……、きしもと？　そうだ。岸本、武彦！」

「おぉー！　サトさん、ビンゴ！」

「じゃねぇだろうが！」

整った顔立ちをした陽介の平手が、健二の頰に炸裂《さくれつ》する。大きな音に驚いて目を見開くと、気づいた陽介の肩から力が抜けた。

「こんなの、ヒコさんの知り合いなわけないんだけどなぁ」

「オンナの兄弟とか」

健二が言う

「万が一があるからな。一応、会わせるか……」

ついてこいと言われて車から出る。立ちくらみを覚えて息をつくと、心配そうに顔を覗き込まれた。

「気分悪い？　吐き気は？」

「……ちょっと立ちくらみがしただけ」

「頭、見せて」

しゃがむように腰を落とす。髪を指先でいじられ、頭を撫で回される。傷の有無を確認しているらしい。

「血は出てないけど、たんこぶできてる。冷やした方がいいかな」

そっけなく言って、陽介はふたたび歩き出した。追いかけると、後ろに健二が続く。

ガレージの裏に付けられたドアを抜け、屋根のかかった通路を通る。足元に敷いたコンクリートは濡れていたが、雨脚も風も弱まったらしく、いまはしとしと降るばかりだ。

車と接触する寸前、傘の先がぶつかったのだと急に思い出す。でも、なぜ傘をたたんだのか、自分がどこへ行こうとしていたのか、それはわからなかった。

頭の先からスニーカーの中まで濡れているのは、倒れ込んだせいなのだろう。肩越しに盗み見ると、健二も同じように濡れていた。

陽介が民家の勝手口のドアを開き、中へ入った。濡れた靴下に躊躇《ちゅうちょ》していると、健二に追い越される。そのままスタスタと歩いていく。

同じようにはできず、濡れた靴下を脱ぎ、ポケットへ突っ込んだ。古びたビニール製の床材が裸足《はだし》にぺたりと貼《は》りつく。

生活感に溢れた台所だ。壁に添って大型冷蔵庫や食器棚が置かれ、電子レンジはふたつ並んでいた。

シンクに食器が溜まり、床へ直接置かれたごみ袋からはビールの空き缶が溢れそうになっている。

特徴的なのは、部屋の中央に据えられた四人掛けのテーブルで、さまざまな名前のカップ麺《めん》が芸術的に積み上げられていた。そのカップ麺タワーのそばにワンカップ酒の空き瓶が置かれ、割り箸《ばし》がぎっしり刺さっている。

まるで学生寮だ。シェアハウスという言葉が脳裏をよぎったが、それを問うよりも先に、男の怒鳴り声が聞こえた。ガラス扉の向こうからだ。

続いて子どもの泣き声が聞こえてくる。怒鳴り声のボリュームがいっそう大きくなり、子どもの泣き声が掻《か》き消えた。

陽介が台所のガラス戸をスライドさせると、廊下の向こうにある襖《ふすま》が動いた。隙間《すきま》から滑り出るようにして現れた男が後ろ手に閉め直す。

「どっちも機嫌が悪くって、手がつけられない」

肩をすくめたしぐさのまま、台所へ入ってくる。もう声は聞こえないが、怒鳴っていたのは別の人間なのだろう。

眉が薄く、細い目をした男は、長い首を手のひらで撫でた。頬がこけたように見える顔つきで、波打つ長髪はオールバックに撫でつけられている。

ヤンキーっぽく身繕いした若者ふたりに比べて、重ねた年齢の分だけ洗練されて洒落《しゃれ》た印象だが、普通の職業についているようには見えない。のんびりとした動きで首を傾げた。

「健二？」

見知らぬ人間に気づき、健二が説明を求められる。

「サトさん。ジジィの見舞いに行く途中で拾ってきた。ヒコさんの友だちだってさ」

いろんなところをすっ飛ばした説明だったが、本人は満足そうだ。年長の男は気にすることもなく陽介へ視線を向けた。

健二ではうまく説明できないことを知っているのだろう。本人に告げることはなく、陽介も慣れた態度で事態を要約した。

「病院へ行く途中で接触事故を起こしたみたいなんですけど……、頭を打って、自分の名前もわからないらしくて。……どう思います？」

「ケン坊らしい『やらかし』だな」

「オレが言ってんのは、そこじゃないですけどね。ヒコさんの名前はフルネームで言えました」

「自分の名前は本当に思い出せないの？　……財布は？　身分証があるだろう」

言われて初めて、三人はそれに気づく。でも、財布も携帯電話も持っていなかった。

「ケン坊。カバンを持ってなかったか」

「なかったよ」

「……持ってた傘は？　これだけの雨だから、傘を持ってたはずだ」

「あ。置いてきた」

「探してこい。カバンも。絶対にあるはずだから。陽ちゃん、一緒に行ってやって」

「はーい」

陽介が返事をした瞬間、開けっ放しにしていたガラス戸の向こうにある襖が、スパンッと開いた。

「なにをゴチャゴチャ言ってんだ！」

現れた男の姿に、健二が小さく飛び上がる。陽介も首をすくめた。

ふたりよりは年上に見えるが、長髪オールバックの男よりはぐっと若い。

「誰のオンナだ」

ぎりっと睨《にら》まれる。健二が慌てて間に入った。

「サトさん、男だから。男。ほーら、胸がないでしょ？」

濡れたシャツの胸元を撫でられ、慌てて身を引く。

「貧乳なんだろ」

「ヒコさん。この人、男ですって。ノド、出てるし。似た顔のオンナと付き合ったことと
か、ないですか……？　ヒコさんの知り合いだって言ってますけど」

陽介に言われ、男は眉根を引き絞った。じっと見つめられ、思わず腰が引ける。

「知らねぇ。だいたい、こんなウブそうな顔したヤツの姉妹《きょうだい》が俺と寝るほどスレてるわ
けないだろ」

「とは思ったんですけどねー……」

苦笑いした陽介の声がふいに遠く聞こえ、濡れたシャツの胸元を握りしめる。大きく息
を吸い込んだ。

自分の名前も住んでいたところも思い出せない。それなのに、彼が『岸本武彦』だとい
うことだけは一瞬で理解した。

これはもう理屈じゃない。ただ、ひらめきで全身が震える。

「あなたに、お礼が言いたくて……！」

いきなり叫ぶと、男たちは揃って驚いた。振り向いた武彦はますます眉根を引き絞る。

サイドで分けた長めの前髪。眉と目の間が狭く、目つきが悪く見える三白眼。

厚いくちびるの上にヒゲの剃《そ》り残しがうっすらと見える。小汚いのがまた、風貌《ふうぼう》に似合

っていて野性的だ。

「はぁ？」

ガラの悪い声に一蹴《いっしゅう》され、鼻で笑われる。

でも、怯まずに前へ出た。自分の中の衝動に突き動かされ、迷うことなく近づいていく。

「お礼をさせてもらえませんか。ずっと……、ずっと、そう思っていて」

「おまえ、誰だよ」

「……おれ、は」

言いかけて止まる。名前はやっぱり、『さと』しか出てこない。

「誰だ。こんなおかしいヤツを連れ込んだのは」

「連れ込んだわけじゃなくてぇ……」

健二が言葉を濁す。今度も陽介が詳細を答え、話し終わるよりも早く、健二は平手打ちにされた。

「てめぇは、なにやってんだ！」

「すみません……っ！」

「すみませんで済むのか！　えぇっ？　めんどくせぇものを、拾ってくるな！　捨ててこい」

「え？」

「捨ててこい。拾ってきた場所に返してこいって言ってんだよ」

「だって、ヒコさん。名前も思い出せないのに。雨だって、降ってるんですよ」

「知るかッ！」

健二がまた殴られる。今度は拳《こぶし》が頭に落ちた。

「俺だって、もっさいおっさんだったら連れてきてませんよ～。でもさー、この顔で、雨ざらしにできます？　ケーサツにも行けないし。俺、免停になっちゃう……」

頭を両手で抱え、健二は唸《うな》りながら言った。いかついのは外見だけだ。捨てられた子犬のような目になる。

武彦は、興奮冷めやらぬ荒い息をこれ見よがしに繰り返した。

「だから、気をつけろって言っただろうが……」

「おれが、よろけてあたったのかも」

思わず助けに入ったが、武彦には無視される。

「うちにはガキがいるんだ。わかってんだろ？　ヤリたきゃ、さっさとヤッて捨ててこい」

「そういうことじゃないです」

陽介がやけに冷静な声で返す。そこで、いままで黙っていた長髪の男が肩をすくめた。

「健二と陽介はカバンと傘の回収。君はまず着替えようか。ドロドロだから」

その場を無理やりにまとめ、若いふたりを家から追い出した。

杉村雅也《すぎむらまさや》と名乗った男から、服とタオルを渡され、風呂《ふろ》場へ案内された。

濡れて冷えたからだをシャワーで温め、頭のてっぺんから洗い流す。泥水が足元を汚し、どうしようもなく泣きたい気分になった。

自分の名前やいままでの暮らしが思い出せないからじゃない。武彦に無視されたことが、胸の奥を刺して痛いせいだ。

その理由も原因も思い出せないのに、否定されていることが悲しくて涙がこみあげてくる。でも、泣いたりはしなかった。

気分に流されて泣くのは、違うと思う。

薄ぼんやりとした記憶をたどろうと努力しながら、服を着替えて台所へ戻った。

向かい側の襖が半分ほど開いたままになっていて、杉村と武彦の話す声が聞こえてくる。

正体不明の人間をどう扱うべきか、真剣に話し合っているらしい。

気がついた杉村に会釈をしながら和室の中へ入り、部屋の隅に座った。縁側のある角部屋で、大きな座卓が中央に置かれ、大画面の薄型テレビが向かいに据えられている。

余った座椅子《ざいす》が重ねて置いてあり、その脇《わき》には座布団の山。そして、幼児用のイス。

ふと物音がして振り向くと、押入れの襖が薄く開き、闇《やみ》の向こうに小さな男の子がいた。まさか座敷童ではないだろう。さっき泣いていた子どもだ。

自分で逃げ込んだのか、押し込まれたのかはわからない。でも、泣いた目の周りは真っ赤に腫《は》れていた。

見知らぬ人間に出くわして、きょとんとした目がまばたきを繰り返す。お腹がぐぅと音を立てた。

「……おなか、すいたの？」

小声で話しかけると、子どもはひゅっと奥へ引っ込んだ。

「ねぇ、なにか作ってあげようか。ホットケーキ、どう？　知ってる？　ホットケーキ」

襖の隙間を覗き込むと、薄手のタオルケットの端を咥えた男の子が振り向く。

「ホットケーキ、作ってあげようか」

「うちには、粉がないんですけど」

押し入れが開いたことに気づいた杉村が近づいてくる。武彦は縁側へ出ていった。

「小麦粉はありますか」

「あったかな……」

首を傾げる杉村の小脇を男の子がすり抜けた。

行先は台所だ。冷蔵庫から小麦粉を取り出していた。

「後は、なにがあればいいかな」

「卵と砂糖と、できれば泡立て器」

「泡立て器って、どれのことだろう。あるとしたら、ここなんだけど……」

シンクの下の扉を片っ端から開ける杉村が、ふと動きを止めた。右腕を見つめすぎだと、恥じても遅い。

「肘《ひじ》先を落としてきちゃってね。どこへ置いたやら、思い出せない」

中身のないシャツの袖をひらひらさせる相手に向かって、頭をさげた。

「すみません。さっきは気づかなくて……」

両開きの扉を片手でひとつずつ開けている姿を見て、初めて気がついたのだ。

「あんた、育ちがいいんだね。名前は……覚えてないんだっけ」

「さと、なんとかなんですけど」

「名字かな。里田《さとだ》、里村《さとむら》、……佐藤《さとう》？　下の名前だと、さとし、とか？」

「すみません。わからないです」

「じゃあ、『サト』って呼んでいいかな。あの子の名前は『陸《りく》』。最近はご機嫌ななめで、僕たちの作ったものは食べない。お腹がすいたら、バナナをかじってる。それでヒコさんが怒ったんだ」

「陸くんか……。おれはサトだよ」

腰を屈《かが》めて声をかけると、両手で小麦粉を突き出した。きりっとした二重の瞳は横長で、左右の眉が離れている。

小麦粉をぐいっと押しつけてきた陸は、シンクの下から迷わずに泡立て器を取り出した。

「そうそう、これこれ。電動は……ないよね。ちょっと時間がかかるけど、これで卵の白身を泡立てたら、ふわふわのホットケーキになるからね」

「本当に？」

首を傾げたのは、卵を持ってきた杉村だ。

「そういう記憶はあるんだね」

さらりと言われ、背筋が凍る。

「……あの」

「いやいや、疑ってないよ。僕は記憶喪失の人間を見たことあるから。スコンと抜けるんだよ。都合のいいことも悪いことも忘れる。トラウマがある人間は、都合の悪いことだけ忘れたり、上書きしたりするんだけどね」

「おれ、どうなるんでしょうか」

世間話のように尋ねながら、割った卵を白身と黄身に分ける。白身だけをボールの中で混ぜた。

「心配ないよ。うちの大将は、あぁ見えて面倒見がいいからね。君がホットケーキを作って、陸が喜べば、『落としどころ』ってことになる」

「じゃあ、頑張らないと」

生クリームのようにもったりするまで混ぜなければいけないのだ。電動泡立て器ならすぐだが、手動となるとかなりの重労働だ。

「そうだね。頑張ってくれると僕も助かる。子どもがご飯を食べないなんてさ、誰だって心配だ。リク坊、おいで。イスの上に立てば、見れるよ」

杉村に呼ばれ、陸はイスの上に立った。転げ落ちないように、杉村がからだへ左腕を回す。

砂糖と水と残しておいた黄身を加え、さらに小麦粉を混ぜておく。それから、また白身の泡立てに戻る。ひたすら泡立て器を動かすと、やがて真っ白なクリームが出来上がった。砂糖や小麦粉を混ぜたものと一緒にさっくり混ぜ、後は温めたフライパンで焼くだけだ。

イスから下りた陸は、いそいそと皿を取り出し、自分用のフォークを揃える。

「さぁ、一枚目が焼けたよ」

持ってきた皿にホットケーキを移して差し出すと、子どもの澄んだ瞳がキラキラと輝く。

両手で皿を支えながら、そろりそろりと歩いた陸は、カップ麺タワーのテーブルにたどりついた。狭い空間に皿を置き、じっくりとホットケーキを眺め出す。

その間にも次の一枚を焼き始める。杉村が早く食べるようにと急《せ》かしたが、陸は動かなかった。バターもシロップもかけていないホットケーキをひたすら眺めるばかりだ。

次の一枚が焼きあがる頃になって、ようやく両手を合わせた。

フォークを摑んでホットケーキに突き刺し、がぶりとかぶりつく。おいしいとも言わなかったが、感想は聞くまでもない。

ぺろりと食べ尽くし、からになった皿を両手で持ってトコトコと歩いてくる。焼きあがっていた一枚を乗せてやると、またゆっくりと席へ戻っていった。

「あれ〜、なんの匂い？」

勝手口から、若い声がする。傘とカバンの回収に出ていた健二だ。続いて陽介が姿を見せた。

「雨がひどくて、傘しか回収できなくて……」

「晴れたら、また行けばいい」

答える杉村の横を行き過ぎた健二が、陸の手元をひょこりと覗き込んだ。

「リク坊、なに食ってんの？　おっ、ホットケーキ？　いいじゃん、いいじゃん。一口ちょうだい。え。くれよ。なぁ、くれよ」

「健二！　ガキの食ってるものを取るな！」

陽介が怒鳴る。

「まだ、ありますから」

サトが声をかけると、棚から皿を取り出した健二が飛んでくる。

「ホットケーキなんて久しぶり～。おまえもホットケーキが好きなら言えよなぁ」

陸の隣に座ると、テーブルの中央のカップ麵を端へと積み直しながらホットケーキにかぶりついた。

「なんか粉っぽい気がするけど……。これはこれで、うまい」

「ホットケーキの素がなかったんだよ。卵の白身を泡立てて作ってくれたんだ」

杉村の言葉を聞いた陽介が近づいてくる。ボールの中を覗き込んだ。

「そうなの？　すごい手間じゃないの、それ。すごいね、あんた」

「これは忘れてなくてよかったです」

照れ笑いを浮かべて答えると、小首を傾げたままの陽介がへらっと笑う。その襟首を杉村が摑んだ。

「変な笑い方をするな」

シンクのそばから引き剝《は》がす。

「いや～、なんか妙に色っぽいっていうか。見てて楽しいっていうか」

「失礼だ」

杉村はぴしゃりと言った。その間にも、健二と陸は争うようにおかわりを取りに来る。

確実に生地が足りないので、焼くのを陽介に頼み、サトは追加の生地を作った。

二回目の泡立てはさすがに右手が疲労してうまくいかず、見かねた陽介が代わってくれた。それを焼いていると、さらにふたりの男が帰ってきた。今度は五十がらみの渋い中年コンビだ。どちらも眉間《みけん》に深い皺が刻まれ、貫祿《かんろく》がある。

「ホットケーキか。うまそうだな、坊主」

白髪まじりの色黒な男から声をかけられ、陸は黙ったまま顔をあげた。その頭を押さえつけるように撫で回したのは、もうひとりの男だ。道で会ったら目をそらしたくなるほどの強面に年季が入っている。はっきり言って、鬼のようで恐《こわ》い。

「誰だ？」

サトに気づいたのは色黒の男だ。ぎりぎりと眉をひそめる。

低い声で問われて思わず怯んだが、杉村が笑いながら間に立った。

「サトさん。健二が道端で拾ってきたんだ」

「まっさんまで、そんな言い方……」

小さなホットケーキをつまみ食いしていた陽介が、へらへらと笑った。ふたりにもわかるように説明する。

「じゃあ、置いてやればいいじゃないか。おさんどんができるなら、ありがたい」

北原勉《きたはらつとむ》と紹介された色黒の男が、陽介に手渡されたホットケーキにかぶりつく。

もうひとりは宮本博《みやもとひろし》という名前だ。鬼のような顔をした彼はなにも言わず、会釈ひとつでホットケーキを皿に受け取り、テーブルへ着く。

「記憶が戻るかどうかなんて、賭《か》けみたいなもんだ。施設に放り込まれて苦労するなら、うちで働いてる方が安全だろう」

北原が言い、杉村が答えた。

「明日、病院へ連れていきます。頭を打ってるので……」

「警察沙汰《ざた》は困るな」

「久保田《くぼた》さんにお願いして、うまくやります」

「心配しなくても、すぐに捜索願いが出るだろ。あんたは育ちもよさそうだし、久保田ってのはうちの顧問弁護士だ。それとなく警察に様子を聞いてもらうようにするから。……オレと博の部屋なら、まだ布団を敷く余裕もある」

「それ言うなら、オレたちの部屋でいいじゃん。健二をそっちに行かせるから」

陽介がすかさず口を挟む。親子ほど年の離れたふたりの間で、目には見えない火花が散った。

「健二はいらない」

「へー、どうして？　他人が一緒の部屋じゃ、落ち着かないでしょ？　……勉さん、見境ないからなぁ」

「ガキが知ったクチ叩くなよ？」

「……そういうことは、ヒコさんに聞いてからだ」

杉村が間に入った瞬間、擦りガラスの戸が開いた。

「オンナ連れ込むのは禁止だって言ってんだろうが」

タバコを指に挟んだ武彦が現れ、台所の中が水を打ったように静まり返る。貫祿のある北原でさえ例外ではなかった。

「男だろうが関係ねぇよ。ガキもいるんだから、わきまえろ。おい、おまえ」

「サトさんと呼ぶことになりました」

杉村が静かに言うと、武彦の眉がぴくぴくと引きつった。

「あぁ？　ふざけんな。呼び名なんかつけたら、情が湧《わ》くだろ。バカか」

「……そんな犬猫みたいに」

「犬猫の方がマシだ。うちのバカたちにサカリがついたりしねぇだろ」

睨まれたのは、陽介と健二だ。北原と宮本は素知らぬふりをしていたが、武彦の視線はふたりにも向けられる。そして最後に杉村へ行きついた。

「僕もですか……。まいったな。でも、陸が食べられるものを作れたのは、いまのところサトさんだけです。うちの連中が作るよりは、子どもの味覚を知ってるようですが」

「記憶、ないんだろ？　っていうか……、うちはヤクザだ。ヤクザがなにかは忘れてないだろ？」

武彦に睨まれると、胸の奥にスキマ風が吹く。サトはうつむき、それから改めて視線を向けた。

「おれは、あなたのそばにいたいんです。家事をすることがお手伝いになるなら、させてください。頑張ります」

「ヒコ……、おまえ……」

北原からあからさまな疑惑を向けられ、武彦はぎろっと目を剝《む》いた。

「男は趣味じゃねぇって知ってんだろうが」

「わかんねぇぞ。こんなに美人なら」

「胸がないし、穴もないし、ぶらさがってんだろ」

「そこまで想像しておいて、趣味じゃないって言えるかなぁ」

しらっとつぶやいた杉村の言葉に、

「うっせぇ！」

武彦が吠《ほ》えた。ぎりぎりと歯ぎしりをする。

外見の貫禄では北原に敵《かな》わないが、武彦には圧倒的な存在感があった。この家をまとめているのは彼であり、年上も年下も関係なく、一目置かれていることがはっきりわかる。

「サトさんは、誰と一緒がいいの？」

話を聞いていた健二が、陸の分もホットケーキを運びながら言った。いきなり意見を求められ、心臓が早鐘を打つ。

「……一緒の部屋にしてもらえませんか」

武彦に向かって、そう口にすることには勇気が必要だった。無自覚に頬が熱くなる。

それを見た武彦は顔を歪《ゆが》めて後ずさった。

「はぁ？　冗談じゃねぇよ。おまえ、オカマか。頭おかしいだろ」

「差別発言ですよ」

杉村がさらりと言う。武彦とサトを見比べた北原が肩をすくめた。

「まぁ、それが一番安全だろうな。ヒコが手を出すぐらいなら、他はまず信用ならない。オレも含めて……」

「含めるなよ、おっさん。そろそろ枯れやがれ」

武彦が唸る。

「じゃあ、多数決で。いっせいのー、はいっ」

杉村が早口に音頭を取った。男たちは一斉に武彦を指差す。

「決定です。組長代理」

杉村に言われ、

「……俺の貞操も心配しやがれ」

武彦はがっくりとうなだれた。

「組長の部屋でいいだろ。荷物はほとんど持ち出してるし、あそこは鍵《かぎ》がかかる」

「でも、おれは」

食いさがろうとしたが、武彦の睨みに足がすくんだ。

「黙ってろ。一晩ゆっくり眠れば、忘れてることだって思い出す。それ以上、近づくな」

二歩後ずさり、そのままぷいっと背中を向けられる。武彦が台所を出ていくと、杉村と北原は笑い出した。

「素直じゃないね」

「まだまだガキだ」

「でも、うちの組長代理なんだよ」

杉村が振り向いて言った。

「ヒコさんはヤクザだって言ったけど、『白鶴組』は暴力団の指定を受けてないし、どこの傘下にも入ってない。見ての通りのはぐれ者の集団だ」

「組長代理、っていうのは……」

サトの質問には陽介が答えた。

「組長は二年前に離婚してさ、それを機に愛人宅で暮らしてる。ヒコさんが引退を受け入れなかったから、一応は『組長代理』ってことになってんだ。まぁ、名前だけのもので、実際はあの人が仕切ってるけどね」

「組長さんは、白鶴さんなんですか」

「ううん。市川達三《いちかわたつぞう》」

「新潟の出身なんだ。地元で鶴をよく見たって話だ」

補足する北原の後ろを、強面の宮本が横切る。台所にいるだけで包丁を持ち出しそうな雰囲気だ。でも、彼が開いたのはシンクの扉ではなかった。

冷蔵庫から小さなパックのリンゴジュースを取り出し、陸の前に置く。

小さな頭をぐりぐりと押さえつけられた陸は、乱暴さを気にも留めず、目を細めながらジュースへ手を伸ばした。

2

繋《つな》いだばかりの手がするりとほどけて、陸が日陰へ駆け込んでいく。職員室のそばに置かれた水槽は池を模した形で、亀や金魚が泳いでいた。

目の細かな金網がかぶせてあるのは、猫避《よ》けだ。

「りっくん、金魚さんは何匹いるかな。数えてよ」

サトが声をかけると、紺色のショートパンツに白いポロシャツの制服を着た陸は、真剣な顔つきで水槽へ向き直った。四歳の陸は年中のすみれ組に通っている。

園庭で遊んでいた園児と母親が一斉に外へ出され始め、何人かは、陸と同じように水槽の前で足を止めた。そのたびに集中を削《そ》がれながら、陸は何度も金魚を数え直す。目で追い、指で差し、ときどき亀に気を取られてやり直しになる。

ぞろぞろと続いていた親子の数がまばらになり、騒がしさが嘘《うそ》のように静まり返ると、最後に若い男が出てきた。日に焼けた小麦色の肌にさっぱりとした短髪で、ピンストライプのスーツを着こなしている。まるでやり手の営業マンだが、れっきとした、ひまわり幼稚園園長だ。

名前は藤井潤《ふじいじゅん》。武彦の友人で、元暴走族総長。急死した親の跡を継いだのが五年前だと、昨日、初めて送り迎えをしたときに杉村が教えてくれた。

「今日は、何匹だった？」

陸に声をかけ、両手で髪を掻き回す。邪険に振りほどかれると藤井は嬉《うれ》しそうに声をあげて笑った。

「あいっかわらず、しゃべらねぇな、リク坊。リク坊、リク坊、リクボンボン♪」

嫌がられるほどにからかいたくなるのだろう。陸の髪をぐちゃぐちゃに掻き乱しながら、適当な節回しで囃《はや》したてる。

幼いながらに自尊心の強い陸はむっとした表情になった。不満をあらわにして、藤井の腰を両手で押し返す。

わざとらしくよろめいた藤井の視線が、向かいの壁際で待つサトに気づいた。

目が合ってしまっては無視もできない。サトがお辞儀《じぎ》をすると、片手をスラックスのポケットに突っ込んで近づいてきた。

「お迎え、ごくろうさま。頭の中も無事だったってね」

笑うと細くなる目に愛嬌《あいきょう》があり、きらりと輝く白い歯も前歴を想像させない。濃い顔立ちだが、雰囲気だけなら爽《さわ》やかな男だ。

「警察に断られてショック？」

「なんの話ですか？」

長身の藤井に見下ろされ、陽介から提供されたチェックのシャツを着ているサトはあごをあげた。白鶴組の面々は揃って背が高く、お仲間の藤井も負けていない。サトが身長で勝てるのは、幼稚園児の陸だけだ。

「聞いてない？　久保田先生が相談に行ったら、白鶴組に丸投げされたって話。脳の内部損傷もないし、日常生活にも支障ないし、あからさまに厄介払いだ。あそこはヤクザモドキだから警察も頼みやすいよな」

藤井はからりと笑った。

一般市民から見ればヤクザ者でも、白鶴組は暴力団じゃない。生業《なりわい》は露天商の元締めで、祭りなどに並ぶ夜店の場所決めや警察相手の交渉事を取りまとめている。露店同士の小競り合い程度なら仲裁もするので、警察との仲も悪くはない。

しかし、それだけでは組長を含めて八人の男が食っていくには足りず、年長の北原と宮本はやや危ない仕事にも手を出しているらしい。若手の陽介と健二にいたっては、ごく普通にバイトをしていて、世間的にいえばフリーターだ。

家計を管理している杉村もわずかながらに収入を得ているようで、組員たちは自分たちの稼ぎをすべて武彦へ渡している。稼ぎ頭の北原と二番手の宮本でさえ月々の小遣い制という話だ。

「まぁ、組の連中はありがたがってるんだろう。なんてったって、陸が素直に登園してる。あんたが来るまでは毎日泣き叫んでたよ。健二と陽介がさ、ふたりがかりで抱えて連れてくるんだ」

ポーンと投げ込んで帰っていくふたりが目に浮かぶ。

「若頭のじぃさんが入院してからだ。組の連中は『ジジィ』って呼んでる人。見舞いに連れてくるなって言われたヒコがな、バカ真面目《まじめ》に見舞いを禁止してるから。こっちもこっちで意地になってさ。ご飯は食べない、口も利かない。頑固だよ。父親そっくり。……陸の父親は、ヒコじゃないよ？」

「知ってます」

からかうように顔を覗き込まれ、サトは顔を伏せた。

陸の父親は白鶴組の元組員で、母親は不法就労のフィリピン女性だと北原に聞いた。入籍もしないまま母親は国へ帰り、無戸籍だった陸は一年前に武彦の実子として登録されている。

父親の方は、母親を逃がしたことが原因で姿を隠しているらしく、それについては北原も詳しい説明をしなかった。

毎月、数千円程度が陸の口座に振り込まれていて、送金がある限りは生きている証拠だと言った。

「……誰から聞いたの？」

気がつくと、藤井の手はサトの顔のすぐそばにあった。サーファーのように焼けた肌が近づいてきて、柑橘《かんきつ》系の爽やかな香りに包まれる。

「みんな、甘いね。俺も甘くなろうかな。サトちゃん、かわいいし」

通りから死角になっているとはいえ、幼稚園の敷地内だ。園児の関係者を、しかも男を、園長が口説くようなシチュエーションじゃない。

「……ちょ、っと……」

「騒ぐと陸が気づくから」

藤井が、シッと息を吐き出した。その瞬間、サトのからだは硬直する。壁に背中を預けても膝が笑う。なのに、沈み込むことさえできなかった。

「なんだろうなぁ。ときどき、すごく色っぽい顔するよな。……そっちの人なの？　俺とか、好みじゃない？」

藤井が遠慮なしに胸を近づけてきて、息がくちびるに当たった。動けなくなったサトの様子をいぶかしがることもなく、苦笑を浮かべる。

「そういう顔すると、誘ってるみたいに見える」

受け入れていると思われたのだろう。藤井が顔を傾けた。

キスの体勢を取られ、サトはますます硬直する。指一本動かせず、浅い息を吐くことし

かできない。いよいよキスされそうになった瞬間、

「ぐぅ……っ」

どすっと鈍い音がしたのと同時に藤井が呻いた。

うつむいたサトの視線の先に、陸の小さな頭が見える。藤井の脇腹目がけて頭突きをくらわしたのだ。よろめく藤井を睨みつける顔は、いつものかわいらしさと違って、ぎりっと勇ましい。

「……入っ、たぁ……」

スーツ姿の藤井が脇腹を押さえてしゃがみ込む。膝をつくほどだから、よほど痛いのだ。でも、心配する余裕はなかった。壁に貼りついたままのからだがわなわなと震え、奥歯がガチガチと音を立てる。

見上げてくる陸に、笑顔を見せることもできない。そこへ、

「なんだ、陸。まだ帰って……」

ガラガラと音を立てて門が開いた。藤井に会いに来たらしいスーツ姿の武彦が現れた。園の前に、白鶴組所有のセダンが停まっている。

中へ入ってきた武彦は、三人をぐるりと眺めて眉をひそめた。

震えながら壁に貼りつくサト。脇腹を押さえてうずくまる藤井。そして、サトを不安げに見上げる陸。

どう思われたのかは考えなかった。武彦の姿を見たサトのからだが動いた。硬直していたのが嘘のように壁から剝がれ、いぶかしげな表情をした武彦のスーツへ飛び込んでいく。

「はぁ？」

押しのけられたが、めげずに腕を絡める。視線が合い、今度は邪険にされなかった。

「なんだ、これ。なぁ、藤潤。園長せんせぇー？　もしかしなくても、セクハラってやつですかぁ？」

武彦がへらへらと笑ってからかう。年齢は武彦の方が下だが、ここでも年齢序列は適用されていない。藤井が総長をしていた暴走族で、武彦は集団の最後尾を走る『ケツモチ』という役目を担っていたと健二から聞いた。その頃からきっと、武彦の態度は変わっていないはずだ。

「おまえもおおげさだ。男だろうが」

胸を押し返され、サトはうつむいた。視線を逃がしたが、あご先を摑み戻される。

「泣いてんの？」

指摘されると、視界が揺れた。我慢しきれずに涙がこぼれる。

「なにしたんだ、藤潤」

藤井の名前を縮めて呼ぶ武彦の声が、苛立った。

「キス、かな……。もたもたしてたら、リク坊に頭突きされて沈んだ。未遂だし……」

どうせならくちびるを合わせておけばよかったと言いたげな返事に、武彦がこれ見よがしな舌打ちを響かせる。

「保護者に手を出さないのが、モットーなんじゃなかったのか」

「サトちゃんは保護者じゃないだろ。関係者程度だ」

「都合のいいこと言ってんな。泣いてんじゃねぇか」

「……ごめん」

謝罪はサトへ向かっている。数歩近づいてきて、藤井はもう一度繰り返した。

「ごめん、悪かった。あんまりにかわいいもんだから」

「男だ」

サトに代わって、武彦がぴしゃりと言う。

「……おまえ、思わないの？　男だけどさ、かわいいじゃん」

「男だ……。っていうか、男にキスしようとして泣かれるって」

武彦は肩を揺らした。くくっと笑う。

「藤潤さん、だっせぇ」

「あぁ？　ふざけんな。ムード出しすぎたせいだろ。エロすぎて怖がらせただけだ」

「どこの処女の話だ。バカだろ。おまえも、もう泣くな」

あごを摑んでいた手がはずれ、親指の付け根でぐいぐいと頰を拭《ぬぐ》われる。

「おまえなぁ、ガキにしてるんじゃないんだぞ」

藤井が近づいてきて、武彦の手首を摑んだ。

「優しく扱ってやれよ」

代わりに涙を拭おうとする藤井の親指を、今度は武彦が摑んだ。

「そういうことするから、怯《おび》えるんだろ！」

「折れる……ッ」

藤井の拳が武彦のこめかみに当たる。眉を吊りあげた武彦がネクタイを引っ摑んだ。

「ひ、ひこさんっ……」

サトは慌てて腕にしがみつく。

「ごめん、なさい……。おれが、悪い」

「はぁ？　なに、それ。おまえが誘ったってことか」

「ちがっ……。おれ、ヒコさん以外は、ダメ、みたい……」

サトの言葉に、ふたりの男が動きを止めた。ピキンと固まる。

「え、あー……。それかぁ……」

ゆっくりとのけぞった藤井が、ネクタイから武彦の指をはずす。ふたりを交互に見て、小首を傾げた。

「もうしないから。知らなかったとはいえ、ごめんね。もしもヒコのところが嫌になったら、うちにおいでよね。っていうか、猛烈にエロい顔して……」

言い終わる前に、武彦の平手打ちが炸裂する。

「いま、なんで殴った！」

叫んだ藤井の膝蹴《ひざげ》りが武彦の腰にぶち当たり、ふたりは勢いよく額同士をぶつけて唸る。

「ヒコさ～ん、時間ですよ～」

門扉をガシャガシャ鳴らすのは、薄手のジャケットを着た健二だ。陸に向かって、軽く手を振る。

「いま、行く！」

叫び返した武彦は、藤井の頭を思い切り平手で叩き、自分のスーツの襟を引っ張って整え直す。顔をしかめた藤井はやり返さなかった。ネクタイの乱れを直して、一歩後ずさる。

「なぁ、ヒコ。おまえ、リク坊の様子聞きに来たの？　それとも、サトちゃんが心配で見に来た、とか……」

「陸に決まってんだろ」

ぎりっと眉根を引き絞り、武彦は陸へ声をかける。騒がしい大人から離れ、金魚を数えていた陸が振り向いた。

「仕事へ行ってくる。晩飯には帰るから、サトのこと頼んだぞ。道、知らねぇからな」

陸は一瞬だけ呆《ほう》けた表情になり、すぐに頬を引き締めた。こくんと深くうなずく。

そのまま去ろうとした武彦は、サトの前でも足を止めた。

「おまえも行動には気をつけろ。預かりものをもてあそんだなんてことになったら、看板に泥がつく」

言葉はサトに向けられていたが、藤井にも聞かせているのだろう。

「ヒコが抱いたら、記憶が戻ったりして……」

「男はやらねぇ！」

振り向きざまに武彦が投げつけたタバコの箱が、見事、藤井の頭にぶつかって跳ね返る。ぽかんとした顔で見ていた陸が、パチパチと手を叩いた。

不機嫌な武彦が、健二の運転するセダンで出かけていくと、

「不器用すぎて笑う……」

藤井は顔をしかめてつぶやいた。笑いを嚙み殺している。

「器用じゃないですか。ジャストミートだったし」

サトはタバコの箱を拾いながら答えた。

「そっちじゃなくてね。……でも、あいつをオトすのは難しいよ。ノンケだし……まぁ、いろいろと」

「誰か、決まった人が、いるとか……」

さりげなく探りを入れる。このことに関しては、健二も陽介も口が堅くて情報がない。

武彦を恐れるふたりとは違い、藤井はあっけないほど簡単に答えた。

「決まった相手はいない。いないのが、問題……かな」

でも、それ以上は突っ込ませてくれない。鉄壁の笑顔に阻まれ、陸の手を引きながら門を出た。

ひまわり幼稚園の周りは、昔ながらの住宅地だ。畑もまだ点在している。

白鶴組の組長宅までの通園路は竹林の前を通るルートで、その先には小さな商店がいくつか並んでいた。

陸の歩みが遅くなり、やがて足が止まる。パン屋でも駄菓子屋でもなく、和菓子屋の前だ。

小さなショーケースの中には、酒饅頭《さけまんじゅう》とあんこ餅《もち》ときなこ餅、それから串《くし》に刺さったみたらし団子があった。

「買って帰る？」

サトが尋ねても陸は答えない。お小遣い程度の小銭は持たされているから遠慮しなくてもいいと繰り返したが、ムキになったように歩き出してしまう。

ぐいぐい手を引く力は思う以上に強い。小さくても意思がある。その上、意地もある。

だから、大好きな相手に会うことを禁止され、誰とも口を利かずにいるのだ。意固地だと叱《しか》られて号泣しても、陸はなにも言わず黙って耐えている。

誰に似たのかと笑う組員たちの視線は、育ての親である武彦へ向かっていた。

「待って待って、りっくん。待って」

引っ張られて足がもつれる。サトが声をあげると、陸はぴたりと足を止めた。顔の作りは似ていないのに、凛々《りり》しく引き締まった表情は武彦にそっくりだ。

驚いて見つめ返すと、幼い少年はからかうように、にやりとくちびるの端を曲げた。顔立ちがかわいいから、いっそうあどけない。それもサトが知らない武彦の表情に違いなかった。


「今日、なにがあったんですか？」

冷蔵庫から取り出した牛乳を、健二がパックのまま飲む。不作法だが、彼専用の牛乳だ。ちゃんと名前も書いてある。

「幼稚園で。揉《も》めてたでしょ？　あの後、なんかブツブツ言ってましたよ。ヒコさん」

そう言われて、サトはシンク前にある窓を見た。

「なにもないよ」

と、健二には答えた。園長にキスされかけて泣いてしまったとは言えない。からだが硬直するほどショックだった理由もわからず、考えると記憶を探ることになって疲れるだけだ。

どこの引き出しに片付けたのかを思い出すような行為は、釈然としない不安が募り、気持ちが乱れて、つらい。

窓の外では、青々とした葉っぱが風にそよいでいた。白鶴組の組長宅はバブル時期に建てられた日本家屋で、年季は入っているが細やかなところにセンスがある。台所の窓の外に植えられた木々も計算ずくの意匠だと杉村に説明された。

初夏の日は長く、さっきおやつを作ったばかりだが、明るいうちから夕食の準備に取りかかる。すべては陸の腹時計に合わせるためだ。

サトが来てからはホットケーキに味をしめ、おやつに食べた上でさらに夕食にも要求してくる。

食事ストライキをされるぐらいならとホットケーキを出していたが、あからさまに不満げな武彦が気にかかり、北原からも近いうちに爆発しそうだと言われて作戦を考えた。

ホットケーキはおやつと食事の後のデザート限定で、食事の代わりにはしないというルールだ。その代わり、夕食は陸の食べやすいものを作ることにした。たとえば、おにぎりと卵焼きとウィンナー、そしてみそ汁。

それをわざと少量にして、大人と一緒に居間で食べる。

完食すれば、デザートのホットケーキは問題なしだ。

「今日はカレー？　レトルトパックじゃないの？」

健二がテーブルの上に置いたカレールーの箱を手に取る。

「人数が多いから、大鍋《おおなべ》で作った方が経済的だと思って」

「辛いと、陸が食べられないじゃん」

「取り分けて作るからだいじょうぶ。大人は茄子《なす》カレーだよ。業務用スーパーですごく安かった」

「へー。サトさん、いい奥さんになりそう」

健二は無邪気だ。ニンジンの皮むきをすると言いながら隣に立つ。

「ねー、ほんとは記憶あるんでしょ。勉さんがさぁ、押しかけ女房だって言ってたよ。ヒコさん、あぁ見えて人情あるじゃん。男も女も惚れる、っつーね……」

勉さんとは、色黒な北原のことだ。

組長の市川達三と入院中の若頭・田中茂夫《しげお》を除けば最年長で、『勉《つとむ》』は勤勉の『勉《べん》』だと言われる、組の稼ぎ頭。若頭補佐のポジションで、みんなをまとめている。

その次に年長なのが、強面の宮本博。無表情なのが余計にこわい鬼のような顔で、めったに話さない。寡黙なのは、吃音《きつおん》があるからで、陸に対してはおそらく一番甘い。

その宮本より五歳若い杉村雅也は飄々《ひょうひょう》とした粋な男で、右の肘先がない。みずからを中間管理職と言って笑うが、年長組と若手をうまく繋いでいた。

そして、二十三歳の新井《あらい》陽介と二十歳の岩田《いわた》健二。ふたりともいまどきの若者だが、要領のいい陽介に比べて、健二は格好ばかりがいかつい。

「いままでも、いた？　押しかけた人……」

さりげなさを装って聞くと、健二はのんきに笑った。

「そりゃ、まぁね。いろいろいたよ。健二は歪くださいって男とかね。うちはそもそも、そういうのやらないんだけどさ。あとは女か」

「……ヒコさん、どんな人が好きなの」

「そりゃ、おっぱいのデカイ女でしょー」

健二は本当に無邪気だ。ピーラー片手に、ニンジンの皮むきをさっさと終わらせ、ジャガイモを手に取る。

「でも、ケツも重要だって言ってたな。プリプリしてんのがいいんだって」

「へぇー……」

サトの声が沈んでも、健二はまったく気づかない。

「押しかけてきて居座れたのはサトさんだけだ。おっぱいないけどさー、顔がきれいだし、性格いいしね。ヒコさんは、ケバいのばっかり選ぶけど、本当は化粧っ気のない純情そうな子が好きなんだって」

「ダレ情報？」

「勉さん。ヒコさんの若い頃も知ってるから」

その北原は、今日も稼ぎ頭としての務めを果たすため、外へ出ている。帰りは深夜だ。

「おっぱいって、そんなに大事……？」

ニンジンを手早く切り、ジャガイモも切る。玉ねぎはもう用意済みだ。

「そりゃ、男にはないし……。こう、揉んだときに……」

空気を揉んだ健二は、うっとりと目を閉じる。でもすぐに我に返り、

「サトさん。童貞？ っていうか、ホモなの？」

あっけらかんと顔を覗き込まれ、手にしていた木ベラを振るった。肩をポカンと叩く。

「あ、痛っ」

「覚えてないんだよッ！」

「なのに、ヒコさんとヤリたいの？ 思い出して、ホモじゃなかったら、どうなんの、それ」

「知らない、し……ヤ、ヤルとか……」

想像した瞬間、頭の中が沸騰した。顔がカッと熱くなり、真っ赤になっていると自分でもわかる。

「ほえー」

健二が目を丸くして後ずさった。

「オレなら三秒でハメてる」

「馬鹿っ」

木べらでもう一度叩くと、健二はへらへらと笑って逃げた。でも、台所からは出ない。

「なんか、いいなァ。サトさんがいると楽しい。女がいると揉める原因だからって、誰のカノジョも連れてきちゃいけないルールなんだけどさ。かわいい人がいるだけで、雰囲気いいんだもんな。今まで出入りしてた女の性格が、悪かったんだな……」

誰と誰の間で諍《いさか》いがあったのかは聞かない。でも、一度や二度じゃないのだろう。

「『かわいい』は女の人に使う言葉だ」

サトが言うと、健二は素直に首を傾げた。

「なんで？　陸にも使うじゃん。守ってやりたいような相手に使うんだよ」

「……かよわいから？」

「そうそう。でも、そういうのがさ、タチ悪いんだって。陸なんか、見てよ。ずっと口利かないんだから。かわいくねぇんだけど、やっぱ、かわいいし」

「おれもタチが悪いタイプかもね」

効き目がないとわかっていても、あてつけがましくなる。冷蔵庫から取り出したちくわときゅうりを、苛立ちながら健二に押しつけた。

「ちくわの中に、キュウリ入れて。サラダ代わりにするから」

「はーい。これ、きゅうり、入る？」

組員たちから、『バカが取り柄』と言われるほどの健二は、渡されたキュウリを、まるごと一本ちくわの穴へ押し込もうとしている。冗談でもふざけているのでもない。彼はいたって本気だ。

「入るわけないでしょ。切るんだよ……」

「なるほど。で、これを入れる」

「うん。そう……。ちゃんと押し込んで、それじゃ足りないでしょ」

「え、もっと奥？　出ちゃうんだけど」

「それでいいんだよ、もっと、奥。ちゃんと押し込んで」

「いや、キツキツだし……無理じゃね？」

「あぁ、もう。そんな入れ方……ダメ、切れちゃう、って……」

「なに、やってんだぁッッ！」

スパーンと擦りガラスの戸が開く。息を切らした武彦が飛び込んでくる。

「ちくわ……」

健二がちくわを片手に振り向いた。うまくサイズが合わず、無理やりキュウリを押し込んだ後だ。

「紛らわしい！」

ドスドスと床を鳴らして近づいてきた武彦は、有無を言わさず健二の頬を張り飛ばした。

「ええっ！」

驚きの声をあげた健二の手から、ちくわがもぎり取られる。目を丸くしたサトには声をかけず、武彦はちくわをかじりながら出ていった。ガラス戸は開いたままだ。

「健二くん……平気？」

「じゃないよー。舌噛んだ。っていうか、なにを怒って……」

シンクの水道で口をゆすぎ、健二はぴたりと動きを止めた。

「ひひっ、ひひひっ……」

肩を震わせて笑い出す。

「な、なに？」

「確かにエロい。ひひっ、ひひっ」

「……ケン坊……」

「だってさ、この狭い、ちくわの穴に……ぶっといキュウリ、ねじ込んでんだもん……。えっろ……」

笑いながら、ちくわときゅうりを手に取り、健二がずいっと一歩踏み出す。

「サトさんが大きくするからだ。入らない大きさにするから、こんな小さな穴に、ほら、無理やり……」

目の前にあるのはちくわとキュウリだ。なのに、なぜか、すごくいやらしい雰囲気がする。しかも、健二はハァハァと息を乱し始めていた。

「ぶっ殺すぞ！　エロガキがッ！」

ふたたび武彦の声が響き、健二が飛び上がった。慌てふためいて裏口から逃げていく。

「……ヒコさん。なんの話……？」

サトはどぎまぎと武彦を見つめた。

「知るかっ！」

勢いで怒鳴り返される。でも、悪いのは健二だとすぐに気づき、武彦は肩を落とした。

「悪い。代わりに手伝う」

「あ、はい……。これを……」

説明しようとした瞬間、顔を覗き込まれた。いきなり近づかれて息を呑む。

「……泣いてないな」

ぼそりと言った武彦は、そっけない態度でちくわときゅうりを摑んだ。

「なんだよ、本当にちっせぇ穴だな。これじゃ、切れるに決まって……あ？」

ちくわの穴へ、キュウリの先をぐりぐり押し込んでいた武彦が振り向いた。サトはその場にしゃがみ込む。

「え？　え……？」

顔を隠しても、真っ赤になっているのがわかるのだろう。武彦の裸足がサトの足を押す。

「いまさらかよ」

あきれた声が降ってきたが、立つに立てなかった

単なる言葉がエロワードに変換されて、しかも脳内では自分と武彦になり、下半身が脈を打って収まらない。

「おい、サト……。いつまで」

隣にしゃがみ込んだ武彦に首の後ろを摑まれ、あごを持ちあげられる。くちびるを嚙みながら、潤んだ目をちらりと向けた。

「なんで？」

武彦はごく普通に切り返してくる。

だからいっそう恥ずかしくて、サトはその場に座り込んだ。武彦の手から首を振って逃れ、抱えた膝に顔を押し当てた。

「あーっ！」

陽介の叫び声が聞こえ、

「うっせぇ」

武彦がまた怒鳴る。

「まっさぁ～ん！　博さぁ～ん！　ヒコさんが、台所でぇーっ！　サトさん、押し倒して

る！」

「倒してねぇだろ！　全然、してねぇだろ！」

武彦が言い終わる前に、どやどやと男たちが駆け込んできた。

「お、おまっ……ま、まさ、かっ」

元々どもり癖のある宮本が、低い声を響かせ、

「台所はないよ、台所は。ヒコさぁん……」

わかっていてからかうのは杉村だ。

「いや、違うし！」

武彦が釈明しようと叫ぶ。

「だいたい、元はといえば、健二が……。あいつが途中で放り出したから、俺がやったわけで」

「なにを」

陽介の声が冷たい。

「だから、穴にだな、こう、無理やり……。でも。入れなきゃ仕方ないだろ。そういうもんなんだから」

「……健二が無理やりした後なら、やるんだ……」

「違うって言ってんだろ。こいつがセクハラされて泣いたりするから、また泣かされてん

じゃないかって……」

「セクハラ？　誰に」

「それはいま関係ないだろ」

「あるよ。あるでしょ。誰がサトさんにそんなことしたんだよ。触られたの？　触らせたの？　うちの人間？　誰？」

「陽ちゃん、おまえがマジ切れしてどうする」

杉村が笑って止める。

「しっ、しっかり……」

いつのまにやらサトに近づいていた宮本が、這《は》った姿勢のまま声をかけてくる。北原のふたつ年下で五十歳ちょうどの男は、鬼のような強面さえ見なければ、詰まり詰まりの言葉にさえ優しさがある。

「わ、悪いのは、健二ですか。そ、それとも、ヒコですか」

「誰も悪くありません……。おれが勝手に」

答えたサトの髪を誰かが撫でている。宮本にしては柔らかく、面積が小さい。

顔をあげると、宮本の反対側に陸がいた。サトの髪を撫でている。慰めているつもりなのだ。

「りっくん……」

呼びかけたサトの声に気づき、男たちがぴたりと口を閉ざす。

「タバコ、吸ってくる」

武彦が早々に逃げ出し、セクハラの犯人を問い詰めたい陽介はその後を追う。杉村はイスに座って陸を呼び寄せ、宮本が夕食の用意を手伝うと声をかけてきた。

騒ぎのおかげで下半身に集まっていた熱がまぎれたサトは、ゆっくりと起き上がる。すると、

「ケン坊……ッ」

思わぬところに顔があり、思わず声をあげた。シンクの前の窓から覗き込んでいた健二は、子どもっぽい表情でへらへらっと笑う。

「ヒコさんさぁ、正義のヒーローみたいに飛んできてさ。笑う」

宮本に額を弾かれてのけぞり、それでもまだ笑った。

「あんなに取り乱して言い訳するのも、珍しいしね」

背後から杉村の笑い声が聞こえ、つられたように宮本も笑い出す。陸が不思議そうに首を傾げる。サトも同じように、でも反対側に向かって首を傾げた。

ルーを使ってごく普通に作った大鍋のカレーは、あっという間になくなった。どうせ食

べてくるからと、仕事に出ている北原の分は一皿分も残らず、陸もおかわりをするほどだった。こちらは事前に取り分けて甘口のルーを溶かし、皮を剝いた茄子を素揚げにして混ぜたものだ。ニンジンやジャガイモも小さめにカットしたので食べやすかったのだろう。

食事の後、健二が風呂に入れ、陽介が寝かしつけた。八時過ぎには寝つき、大人たちはビールを飲み直す。晩酌の時間だ。

北原が出かけている日は、宮本と武彦のどちらかが酒を飲まない。今夜は宮本が飲む白らしく、冷蔵庫からごく当然のように発泡酒を取り出した。武彦があきれ加減のため息をつき、ビールと替える。

年少のふたりは大きなペットボトル入りのウィスキーをソーダで割り、ジョッキサイズのハイボールを作った。

男所帯だけあって、家計における酒代の割合は飛びぬけているのだ。缶ビールは高級品の扱いで、若いふたりは手を出さない。

夕食の後片付けをするサトは、買っておいた冷凍の枝豆をつまみにと茹《ゆ》で直した。それから、風呂へ入る。

順番は最後だが、全員が入り終わった後でも湯は汚れていない。最後の方に入る誰かが、必ず溜め直してくれているからだ。

昨日も同じで、浴槽のふちには、新しい入浴剤のパックも置かれていた。

こういうシャレたことをするのは杉村だろう。でも、もしかしたら、泣く子も黙りそうな宮本かもしれない。

自分の前に入ったのはどちらだったのか。思い出しながら湯に浸《つ》かる。

浴室は静かだった。耳を澄ますと、居間の笑い声が聞こえてくる。

記憶を失う前の自分を想像してみたサトは、小さくため息をついた。幸福だとしても、不幸だとしても、忘れてしまっては意味がない。不思議なほど焦りはなく、どちらかといえば考えたくなかった。

それが答えかもしれないと思う。

幸せでも不幸でもなく、思い出すほどのことでもない。そんな暮らしだってありえるはずだ。

母とふたりで暮らしていたことは思い出していたが、まだ武彦たちには言っていない。母には恋人らしき男がいた。サトの父親ではないことは確かだが、それが母の恋人だという確信もない。だから『恋人らしき男』だ。

風呂を済ませて脱衣所へ出ると、引き戸の向こうから話し声が聞こえた。ただならぬ気配を感じ、急いでパジャマ代わりのスウェットに着替える。

どうやら、陸が泣いて起きたらしい。

浴室の並びにある洋室の入り口で、杉村と宮本が部屋の中を窺《うかが》っている。サトの気配に気づき、ほぼ同時に振り向いた。

「どうしたんですか」

「夢見が悪かったらしいな」

杉村の答えを聞きながら、サトは宮本の腕の向こうをひょいと見た。

洋室に二段ベッドがふたつ、両際の壁に沿って置かれている。まるで寮室のようだ。この部屋で陽介と健二と陸、それから杉村が寝起きしている。

二段ベッドの間で立ち尽くした陸は、火がついたように大声をあげていた。陽介と健二が隣に立ってなだめても、全身をよじらせて嫌がるだけだ。

「行くもんっ。行くもんっ！　ジジィのとこ、行くもん！」

それが、初めて聞く、陸の声だった。

からだの脇で拳をぎゅっと握り、泣き叫んで訴える。その相手は武彦だ。下の段のベッドに腰かけ、腕を組んでいた。

「ダメだ。行かせない」

「いーやーだっ！　行くのっ、行くのーッ！」

ぎゃーっと叫んだ陸は、感情が昂《たか》ぶって収まりがつかなくなっているのだろう。泣き止《や》む方法さえわからず、叫びながら腕を振り回す。その胸を武彦が押した。

「ダメなものはダメだ！　そう言ってるだろう！」

怒鳴られて、陸の泣き声がいっそう激しくなる。武彦に摑みかかったかと思うと、手にがぶりと嚙みついた。

「あっ!」

サトの隣で叫んだ宮本が躍り出る。陸に向かって振り下ろされた武彦の手のひらが、宮本の後頭部にぶち当たった。間一髪だ。

「どけっ!」

「す、すみません……ッ」

陸をすかさず押しのけ、宮本がその場に膝をつく。陽介が陸を抱きとめた。土下座した宮本の肩に向かって、武彦は容赦なく踵《かかと》をぶつけた。

サトの隣で、杉村が息をつく。

「怒ると手がつけられないのは、ヒコなんだよな。勉さんじゃなきゃ、止められない……」

弾《はじ》けた激情の治め方を知らないのは陸だけじゃない。武彦も同じだ。

「ジジィ〜、ジジィに会いたい〜」

鼻水を垂れ流して陸が泣き叫ぶ。陽介と健二が交互に鼻を拭《ふ》く。

「うっせぇって言ってんだろ!」

立ち上がった武彦の怒鳴り声に、サトは身をすくませた。怖いと思ったわけじゃない。

武彦の優しさに傷がつくようで、たまらなかったのだ。

陸を怒鳴りつけるたびに、傷んでいくのは武彦の方に違いない。そう思ったときには背中へしがみついていた。

「気持ち悪いこと、してんじゃねぇ！」

身をよじらせて振り向いた武彦が腕を振りかぶる。でも、衝撃を受けたのはベッドの上段だった。拳をわざと打ちつけた武彦が唸り声をあげる。

組員たちは息をひそめ、陸のしゃくりあげる声だけが部屋に響く。

「泣くな……ッ」

命じる武彦の声は厳しい。だから陸はいっそう泣いてしまう。

サトは耐え切れずに叫んだ。

「泣いてる子にそんなこと言ったって、無理だろ！」

武彦を押しのけ、土下座したままの宮本が背に守る陸のそばへ寄った。

「こわくないよ、りっくん。わかってるでしょう。ヒコさんはりっくんが嫌いで大きな声を出すんじゃないんだよ」

抱き寄せると、また壁を震わせるような泣き声が響いた。

「泣いてんじゃねぇよッ！」

苛立った武彦の声に、

「黙ってなよ！」

サトも大声で返す。

「あぁ？」

武彦の頬がひくつき、宮本が慌てて腰にしがみつく。爆発に備えた陽介と健二もサトと陸を背に守る体勢だ。

その肩を押しのけ、サトは武彦を責めた。

「ヒコさんが大きな声を出すから、余計に泣くんだよ！」

「仕方ねぇだろ！　できねぇもんはできねぇ！」

「どうしてダメか説明してあげた？　あげてないでしょ！」

「ガキになにが理解できる！」

「人間が教えられないでできることなんて、息することぐらいなんじゃないの！」

「昨日今日来たヤツが……」

「そんなこと関係ない。りっくん見てれば、わかるでしょ」

泣き叫ぶ陸を抱きしめ、武彦を睨みつける。でも、床についた膝は震え、気を抜いたら自分が泣き出してしまいそうだった。

こんなことを言ったら追い出されるかもしれない。武彦に嫌われるかもしれない。

そう思う一方で、どうにかして、陸と武彦の誤解を解いてやりたかった。小さな子どものためだけじゃなく、泣きたくても怒鳴るしかない大きな男のためだ。責めても詰《なじ》っても、サトの心には結局、武彦のことしかない。

「どうすりゃいいんだよ」

武彦が前髪をくしゃりと摑んだ。思い悩むしぐさに、サトの胸も痛む。ドアのそばから、杉村が陽介を呼んだ。

「陽介。リク坊を連れて、車であたりを流してこい。気分も変わるだろ」

そう提案したが、武彦は首を横に振る。

「そんなこと言って、ジジィんとこに連れていくんだろ！　ダメだ！」

「こんな夜中に行くわけないだろ。落ち着いてくれよ」

「オレ、酒飲んでます」

陽介の一言に、ハッとした杉村が肩を落とす。そもそも運転を頼めない。

「健二も、博さんもか……。サトさん、一緒に行ってやってくれる？　車はヒコさんに運転してもらうから」

「……勝手なこと」

武彦が目を剝いたが、杉村は相手にしなかった。

「チビをこんなに泣かせるぐらいなら、ジィさんに泣いてもらった方がいいこともあるんじゃないですか。まぁ、僕たちはヒコさんに逆らいませんけど」

従順な素振りをして、ちくりと刺している。苦々しく顔をしかめた武彦は踵《きびす》を返した。

「車を表に回すから、連れてこい」

そう言って部屋を出ていく。しかし、これで収まるわけがない。今度は陸がゴネ始めた。行きたくないとベッドのふちにしがみつき、ワンワン泣き出す。

「陸〜。頼むからさ〜」

健二がどうにか引き剝がそうとしたが、暴れ回って、まるで手に負えない。

「ダメっ！　ケン坊、もっと力ずくでやって！」

サトは腹の底に力を込めて怒鳴った。

その声で気合の入った健二が、陸の右手を容赦なく摑み、陽介も左手を引き剝がす。サトがからだを抱きかかえ、宮本が足を摑む。

どうにか廊下へ出したものの、力を入れすぎると折れてしまいそうな子どもの細さだ。宮本が力を抜いた瞬間に、足が暴れ出す。

「りっくん！」

逃げようとする陸のズボンを力任せに摑んだ。ずるっと脱げて、柔らかな尻が丸出しになる。かまわずに引き寄せ、仰向けにひっくり返す。顔を押さえようとすると、手をがぶっと嚙まれた。

驚きと痛みがないまぜになり、サトは息を吞む。殴りたくなる武彦の気持ちがよくわかった。

責任があると思うからこそ、聞き分けのなさがたまらなくつらい。サトは奥歯を嚙みしめ、両手でバチンと陸の頰を挟んだ。

痛みに驚いた目を覗き込み、大声で言う。

「大好きだよ！」

きょとんとした陸の目が、真ん丸になる。

「大好き！　サトは、りっくんが大好き！　ここにいるみんなも、ヒコさんも、入院しているジジさんも！　みんな、りっくんが大好き！　会いたいね！　会いたいよね！　会えるよ！　今日じゃないけど！」

「今日がいい〜」

陸がまた泣き出す。健二と陽介が辟易《へきえき》したように廊下へ突っ伏したが、サトはそのまま陸を抱きあげた。ヒンヒン泣く子どもをあやしながら、ホールを抜けて玄関で靴を履く。

先回りしていた宮本が引き戸の鍵を開けてくれる。

「もう、ジジさんも寝てる時間でしょ。病院も閉まってる。でもね、本当かどうか、見に行ってみよう。ヒコさんにお願いするね。外から病院を見てね、ジジさんのお部屋の明かりが消えているかどうか、見ようね」

車はもう、門の前に停まっていた。短いアプローチを抜け、宮本が開けたドアからセダンの後部座席へ乗り込む。駆けつけた杉村が放り込んできたのは、陸お気に入りのタオルケットだ。

「勝手口を……」

「はい。開けておいてくださいね」

先回りして答えると、ドアが閉められた。車はすぐに走り出す。涙で顔をぐしゃぐしゃにした陸は、タオルケットの端を自分の口へ押し込み始めた。

「ヒコさん、病院へ行ってください」

ティッシュで涙と鼻水を拭いてやりながら言うと、

「なんで……」

武彦は不満げな声を出す。サトは陸に聞かせるために答える。

「約束したからです。病室の明かりがついているか、消えているか見るんです。もしかしたら、りっくんのこと、待ってるかも」

サトの言葉を聞いた陸がすんすんと鼻を鳴らす。武彦はもうなにも言わなかった。

車が向かう先が、本当に病院なのかどうか、サトにはわからない。土地勘はないし、そもそも若頭の『ジジィ』が入院している病院を知らなかった。

でも、行き先はどこでもいいのだ。陸の希望を叶《かな》えようとしていると、それだけが伝わればいい。

「寝てもいいよ。りっくん」

「起こしてくれる……?」

「寝たら起こさない、でも、寝てもいいよ」

サトの返事に武彦が笑う。陸は寝ないと言い張った。でも、十分もしないうちに寝息が聞こえ出し、やがてぐっすりと寝入ってしまう。

ときどき、すんすんと鼻を鳴らすのがたまらなくかわいい寝顔だ。武彦に報告すると、車はドライブスルーのついたコーヒーショップへ入った。好みを聞かれ、なんでもいいと答える。

武彦はコーヒーをふたつ買い、駐車場の隅に車を停めた。

サトが外へ出ると、武彦はコーヒーを車のルーフに置いた。まず、陸の寝顔を覗き込む。それから、ドアを閉めずに振り向いた。

「わけ、わかんねぇ」

「子どもだもん」

「おまえ、子どもいたんじゃねぇの?」

「……どうかな」

「いい母親になりそう」

「男です」

「あぁ、そっか」

ナチュラルに間違えたのだろう。武彦は恥ずかしそうに頬を歪めた。それから、コーヒーのカップを差し出してくる。

「甘いの嫌だったら、取り替えるけど」

そう言われて口をつけたカップは、クリームが乗ったコーヒーで、ほんのりチョコレートの甘味がした。武彦の分はブラックコーヒーなのだろう。

「どっちがいい」

「おれはこっちでいいよ。ありがとう」

「礼を言うのは俺の方だ。世話になった……」

「お礼は、目を見て言うんだよ」

照れ隠しのそっけなさに、サトは臆することなく近づく。うつむいた武彦の顔を覗き込み、頬に指を添える。

ごく自然に、キスをするタイミングだと思った。お互いがそんな気持ちになっている気がしたのに、武彦の視線がふいっとそれる。

「俺は、女が好きだ。それも玄人がいい。素人の男なんて、無理だ」

「……素人じゃないかも、しれないのに」

「それを言ったら……」

武彦は短い息をついた。車にもたれ、コーヒーを飲む。

「おまえは記憶がないんだ。下手なことをするな。恋人でもいたら、それが女だったら、思い出したときに後悔するだろ」

「……ヒコさんが？」

「おまえが、だろ。暴力団じゃなくても、うちはヤクザだ。カタギじゃない。まっさんとか博さんを見てればわかるだろ。白鶴組がなかったら居場所のない人間が、肩を寄せ合って生きてるだけの吹きだまりだ。おまえは見るからにきれいなんだよ。顔だけじゃない。きっと、いい暮らしをして、いい親がいて、愛されて、愛して……。まっとうな人生だ。俺らと混じって、わざわざ汚すことはない」

「……こんなに、好きなのに」

言葉がふっと流れ出る。ふたりの間に沈黙が走り、武彦はぎりぎりと眉根を引き絞った。

「なんで、俺なんだ。もしかしたら恨んでた相手かもしれないだろ。愛情と憎しみは背中合わせだって言うし」

「……出会って三日でキスしたくなるんだから、おれだってロクなもんじゃない」

ほんの少し距離を詰める。すでに車へともたれかかっている武彦は動かなかった。後ろへ行けないだけで、横には動ける。でも、そこに留《とど》まっていた。

「その顔で言うなよ。冗談にしか聞こえない」

「ヒコさん。ヒゲに触ってもいい？」

逃げようと思えば逃げられる相手に、サトはまた少し近づく。

「気持ち悪い、やめろ……」

武彦はそう言ったが、手を伸ばしても逃げなかった。国道沿いのカフェとはいえ、駐車場はそれほど広くない。深夜なのに車が多く、スペースはほとんど埋まっている。

くちびるの端の無精ヒゲにそっと触れた。

「これ、ご褒美……？」

笑いながら聞いても、返事はない。ちくちくと指の腹を刺すヒゲをなぞり、また少し近づいた。

武彦の両足の間に、サトの片足が入る。

「近いんだけど」

武彦が首を振った。手がはずれると、横を向いてコーヒーを飲む。

片手がサトの腰に回る。どうしてとは問わなかった。聞けば、武彦は離れてしまうだろう。

車に隠れて、ショップからは見えない場所だ。キスして欲しいと、サトは猛烈に思う。

でも、拒まれた以上、自分からは行けない。なのに、して欲しくてたまらなくて、見つめる目が熱っぽくなってしまう。

「そういう目を、藤潤にもしたのか」

三白眼にきりっとした鋭さが差し込んだ。サトは見つめたまま、小さく首を振った。

「してない。……ヒコさんにしか、しない」

誘いたいのは、ひとりだけだ。

「好きな理由を思い出したら、してくれる？」

「なにを、だ」

視線をそらした武彦がカップに口をつける。

「……セックス」

サトの言葉に小さく噴いた。コーヒーが飛び散らなかったのは、小さな奇跡だ。

「おまっ、……そこは、キスだろ！」

「だって、それだけじゃ……おれ……」

武彦のあごについたコーヒーの雫《しずく》を指先で拭う。躊躇なく舌で舐《な》めると、武彦は身をよじらせて呻いた。

「……男だ。こいつは男だ……。くそ、どこから見たって、男じゃねぇか！」

「シッ……」

大きな声を出せば、陸が起きてしまう。

そうすれば、ふざけ合う時間も終わりになる。それは惜しい。

「女だったら、手を出してくれた？」

武彦の片手を摑んで、腰に戻す。そうしてから、サトも甘いコーヒーを飲む。

『くれた』じゃねぇだろ。女だったら、さっさと追い出してる。ホットケーキで騙《だま》されたりしない。特におまえみたいな雰囲気なら」

「男でよかった」

「バカだろ。なんにもよくねぇよ。たった三日で馴《な》染《じ》みやがって」

「おれも、行くところがない人間なんだから……。白鶴組にふさわしいと思う」

「それは組長代理の俺が決めることだ」

「ヒコさんといないと、不安だから……」

「気のせいだ。全部を思い出したら、どうでもよくなる。……そうしろよ？　忘れろ。なにもかも」

「忘れるかどうかは、おれが自分で決める」

でも、記憶がどうなるかは誰にもわからない。

忘れてしまったことが思い出せないように、いまの記憶も残るのか、消えるのか。はっきりしないからこそ、忘れるとは言いたくなかった。

この気持ちが愛情か憎しみかなんて、サトは考えたことがない。ありのまま、受け止めた。でも、武彦は考える。

それはつまり、彼の人生において、愛情と憎しみは一緒くたに存在してきたということだ。

「どうせ忘れるんだから、してもいいと思う」

サトの言葉に、武彦がため息をつく。

「男は趣味じゃない」

「その気にさせる」

意地になって見つめると、ちらりと向けられた武彦の視線が泳いだ。腰へ回した手がよそよそしく浮き上がる。

「……ちくわにキュウリを突っ込むようなもんでしょ」

「かわいい顔して、どぎついこと言うなよ」

「幻滅する？」

「どっちにしたって、おまえは男だ」

「そんなこと、いつまで言い訳になるかな……」

「サト、てめぇ」

武彦が顔をしかめた。その頬に片手を押し当てる。

どうしてキスしないのか、わからない。お互いに雰囲気は感じているはずだ。盛り上がっているのに、あと一歩が踏み込めない。

それが性別のせいなのだとしたら、すべては臆病者の言い訳だ。

「……サト、教えてくれ」

武彦が苦しげに声を絞り出し、サトの肩へ顔を伏せた。

「陸は俺になにを求めてる。こいつの親はちゃんといる。こいつのことを愛してもいるし、いつか必ず会わせてやるつもりだ。だけど……いま、なにをしてやればいいのか、わからない。俺の母親は最低で、父親は見たこともない。泣かれると、泣き止むまで殴りたくなる。俺は、そうされてきた……」

「ヒコさん」

カップを車のルーフに置いて、ぎゅっと背中を抱いた。震えているように感じるのは気のせいだ。武彦は弱くない。だから、陸をどうにかして守ってやろうと、懸命に頑張っている。

殴れば簡単だと知っていて、それをしない。こらえてきたはずだ。

そうでなければ、宮本がふたりの間へ飛び込んだりはしない。陸を守るようなふりをして、彼は武彦のことも守っている。

「陸は小さいけど、ちゃんとわかってる。でも、我慢できないだけだ。ジジさんに会いたくなったのは、たぶん……、自分がみんなを困らせたって、わかったからじゃないかな」

武彦が顔をあげると、からだが離れる。それが惜しくて、今度は自分が武彦の肩へもたれた。

「おれが来て、ご飯を食べるようになったでしょ？　みんなで食べるのがおいしくて、食べなかったことは悪いことだって気づいたんだよ。今日だってみんなが騒がしくて、楽しいって思ったんだ。そういうとき、りっくんは『ごめんなさい』ができないんじゃないかな」

「それで泣き叫んでたら、どうしようもないだろ」

抱きつくサトを押しのけようとはせず、武彦は静かに息を吐き出す。

「……りっくんに、話し合うってことを教えてあげた？　頭ごなしにダメだって怒ったんでしょ？」

「子ども相手に、なにを話し合うんだよ。ガキは黙って……」

サトはゆらりとからだを離した。背中から、肩へと手のひらを滑らせる。

「ヒコさん。大人が黙れと言われて黙るのは、道理を知ってるからだよ。教えられてなかったら、大人だって黙ってないでしょ」

「……ん」

押し黙った武彦は、ゆるやかに息をついた。やけに素直だ。

「ヒコさんは本当の親じゃない。でも、親代わりにはなれる。きちんとね、道理を教えてあげたらいいんじゃない？　ヒコさんだけじゃなくていいんだよ。まっさんはそのあたりが上手そうだし、ヒコさんが方針を決めてお願いしたら、しっかりやってくれると思う」

「……なるほどな。新入りの教育って感じか」

「あぁ。それ。それかも」

「じゃあ、陽介と健二に『飴《あめ》』をやらせて、俺がひとりで『鞭《むち》』をやるか。あいつら甘いからな。おまえは……」

言いかけて、武彦は動きを止めた。

「仲間に入れて」

訴えかけると、男らしく太い眉が歪む。

「たった三日で、入り込みすぎだ」

なにに対してなのか。サトはもう聞かないことにした。

はっきりさせようとしたら、武彦は逃げてしまうだろう。

忘れることは怖いことだ。だけど、忘れられることだって、きっと怖い。

「キス、して？　ヒコさん……」

「忘れる予定のヤツに情なんかかけるか」

「……冷たい」

このあたりが切り上げどきだと、サトは後ずさった。車の中へ戻ろうとすると、武彦に腕を引かれる。

くちびるは額に押し当たった。前髪越しだ。チュッと音を立てて、子ども騙しで離れていく。

「ご褒美だ」

武彦が頬を歪めて笑い、サトは片手で額を覆った。

「ヒゲが刺さった。痛い」

「もう二度としない」

不満げな声を残し、武彦が運転席へ戻っていく。ルーフに忘れていたカップを手に取り、サトは後部座席へ乗り込んだ。前髪があったのだから、軽いキスでヒゲが刺さるはずもない。

熱い頬をもてあましながら、サトはうつむく。眠っている陸の髪をそっと撫でた。

「ヒコさん。明日はなにが食べたい？」

沈黙を避けて尋ねると、

「オムライス」

答えは驚くほど速かった。食べる機会はあるだろうに、きっとカッコつけて頼めないのだ。それを想像すると、微笑ましい。

「特別にハートを書いてあげるよ」

「いらねぇ。男のくせに、気持ち悪い」

答える声は、言葉とは正反対の陽気さで笑っていた。

3

「ケチャップ、買い足しておかないと」

業務用スーパーの通路で、荷物持ちとしてついてきた陽介を振り返る。

「オムライスかぁ～。いいね～。あれって、ファミレスに行っても最終候補まで残って、ハンバーグに負けるんだよね」

「そういうものかな？」

「ヒコさんもそうだよ。あの人、オムライスにはケチャップじゃないとダメだし」

「卵はふわトロかな」

「いやいや、がっつり火が通ってるのがいいと思う。……もしかして、ヒコさんリクエスト？　マジで？　ヒイキじゃん」

「当たり前だよ。好きな人だから、贔屓《ひいき》する」

ぐっとあごを引いて宣言すると、カートの持ち手にもたれた陽介はまぶしそうに目を細めた。

「そういうとこさ……」

と言いかけて、着信の入ったスマホをポケットから取り出す。

「まっさんからだ」

出るねと言って、ボタンを押した。

「はーい。なにか、追加で買うものあった？　え？　……え、マジ？」

陽気な声のトーンががくっとさがり、選んだ鶏肉をカゴへ入れようとしていたサトは動きを止めた。カゴには入れず、そのままパックを棚へ戻す。

「わかった。こっちも探す」

電話を切った陽介が、真剣な顔でサトを見た。

「陸が幼稚園から逃げた」

「まさか……。どこかに隠れてるんじゃないの？」

「隅から隅まで探したって……。園の中で隠れてるなら、それでいい。でも、そうじゃなかったら……。園の近くは博さんと健二が探すって。俺たちは車で探そう。あいつの行きそうなところ……」

カートを店員へ返し、スーパーを出る。駐車場に停めてあるワゴン車に乗り込んだ。

陽介がスマートキーで鍵を開けると、頰にぽつっと雫が当たった。見上げた空の雲行きが怪しい。風に流されてきた雨雲が広がり、どんどん暗くなってくる。

「マジかよ……。こんなときに」

運転席に乗り込んだ陽介がハンドルに顔を伏せた。パーマをかけた髪が柔らかく揺れ、バランスよくまとまった顔立ちを隠す。

「昨日の今日で、こんな……。冗談じゃねぇよ。またヒコさんがキレるじゃん……。もー、やだよ、オレ」

「陽ちゃん、しっかりして」

助手席から手を伸ばし、落ち着きなく動いている足を押さえた。

「陸が怒るとき、ヒコさんの方が参るだろ。見てらんないよ。あの人、弱み見せるタイプじゃないから、下手に声もかけられないし……」

「ヒコさんなら心配ない」

「怒らないって言える？」

「怒るだろうね。園から逃げたなら、絶対に怒る。だって、人に迷惑をかけてるもん。……りっくんが悪い」

「……まだ子どもだ」

「だから、怒ってあげなきゃ。平気だよ、陽ちゃん。ヒコさんがちゃんと怒ってくれるから」

そっと肩に手を置くと、陽介は静かに息を吐き出した。自分の頬を両手で叩いて気合を入れ直す。

「どこにいると思う。サトさん」

住み込んで四日目の人間に聞くのはお門違いだ。でも、サトは答えた。

「ジジさんが入院している病院かな。駅で電車に乗ったかもしれない」

「電車で行ったことなんかないよ。でも……可能性があるなら、潰《つぶ》しておいた方がいいよな。とりあえず駅に行って聞いてみよう」

スーパーを出て少しすると、窓を濡らし始めていた雨は本降りになった。ワイパーが、せわしなく左右に揺れる。

「このあたり、川はないよね」

サトの言葉に、陽介はちらりとだけ視線を向けてきた。

水かさを増した川にさらわれたら、取り返しがつかない。

「さらっとこわいこと聞くなよ。あるけど……」

と言ったところで、また電話が鳴る。陽介の雰囲気で武彦からだとわかった。

すでに怒り狂っているらしく、怒鳴り声はサトにも聞き取れるほど大きい。ほとんど黙っていた陽介は、一方的に切れたスマホを胸ポケットへ滑り込ませた。

「自然公園に探しに行けってさ。わけわかんねぇ」

怒鳴られて不本意なのか。見当はずれだと思っているのか。

その両方を複雑に絡めた表情の陽介は、それでも武彦の命令通りに動く。

行先は、自宅から十五分ほどの場所にある公園だ。

「りっくんは、来たことあるの?」

傘を渡され、駐車場で車を降りた。雨脚はますます強くなり、ズボンの膝下がびっしょりと濡れる。

「じじぃが好きなんだよ。昔ながらの里山だかなんだか言って……。あっちにセンターがあるから、とりあえず聞いてみよう。保護されてれば話が早いけどな」

淡い期待を抱きながら中央センターの建物へ入り、インフォメーションに問い合わせたが、手がかりさえなかった。

「休憩スポットを片っ端から回ってみるしかないか……。雨宿りしてたらいいけど」

陽介はせかせかと歩き出す。その背中を追いかけようとしたサトは足を止めた。

「陽ちゃん……」

雨音が激しく響き、サトの声さえ掻き消される。

でも確かに、小さなくしゃみが聞こえた。サトは数歩引き返し、建物の脇に回る。出っ張ったヒサシの下で、小さな子どもが膝を抱えているのが見えた。

幼稚園の制服を着た陸だ。頭からびしょ濡れになっている。

「りっくん……」

呼びかけると、泣き顔がサトを見た。その手には、緑の葉っぱが握られている。

「ダメだよ、ひとりで出かけたりしたら……」

「あーっ！　リク坊、いたっ！」

サトがついてきていないことに気づいて引き返してきた陽介が叫んだ。屋根の下に飛び込むなり、自分の上着のシャツを脱ぐ。Tシャツ姿になると、陸を立たせて服を剝いだ。

「これに着替えろ。風邪《かぜ》ひくだろ、バカ」

服を脱がされても、陸は葉っぱを握りしめていた。

シャツを着せた陽介は慌ただしく陸を抱きあげた。サトが傘を差しかける。

「みんなが心配してるよ。ケガはない？　寒くない？」

小走りで戻ったワゴン車の後部座席に乗り込んで声をかけると、陸はくちびるを嚙んでうつむいた。

「りっくん、ヒコさんは怒っていると思うよ。誰よりも心配してるの、わかるよね」

陸はぶんぶんと頭を左右に振った。わかりたくないと言わんばかりだ。

ずっとすれ違ってきたのだから当然だとしても、武彦が怒鳴るたびに、陸もますます意固地になって心を閉ざす。ふたりの心の距離は広がる一方だ。

それでも、今回のことは見過ごせない。

電話連絡を済ませた陽介が車を動かす。まっすぐ家へと向かったが、近づくごとに陸は緊張していくようだった。

窓の外を見てくちびるを噛み、また外を見て眉根を引き絞る。怒られることがそれほど怖いのなら、叱られるようなことをしなければいいのにと思うのは、サトがすでに大人で、原因と結果の因果関係を知っているからだ。陸にはまだ分別がない。ダメだとわかっていても、気持ちが抑えられないのだ。

衝動の理由を、どうやって聞きだせばいいのか。サトにもわからない。迷っている間にも、車は自宅につく。表玄関の前で停車した。

外からドアを開けたのは武彦だ。傘も差さず、頭から濡れている。有無を言わさない勢いで、首根っこを掴まれた陸が引きずり降ろされた。誰も間に入れず、サトも手を出せなかった。

頬をぶたれた陸がコンクリートの上に転がり倒れ、握っていた葉っぱがあたりに散らばり落ちる。慌てて拾おうとする陸の腕を、雨に濡れた武彦が引っ張りあげた。

「てめぇになんかあったらなぁ！　じじぃにも、おまえの親にも顔向けできねぇんだよ！」

武彦の怒鳴り声を無視した陸は、腕をほどこうともがく。地面に散らばった葉っぱへとしきりに手を伸ばす。ふたりへ傘を差しかけようとしたサトの目の前で、暴れる陸が武彦にかかえられる。家の中へ入っていくふたりを目で追いながら、サトは散らばった葉っぱに手を伸ばした。

「いいよ、サトさん。オレが拾っていくから、先に行って」

武彦に命じられて飛んできた健二が言う。後を任せたサトは、ふたりを追った。

濡れた廊下を拭いていた杉村から新しいバスタオルを渡され、自分のからだを拭く余裕もなく、陸の泣き声が響く風呂場へ直行する。

浴室では服を着たままの武彦が、陸の服を乱暴に剝いでいるところだった。容赦のない厳しさだったが、それでも律儀にかかり湯をさせる。泣き喚《わめ》く陸は、そのまま浴槽へ入れられた。

「ヒコさん。拾ってきたよ」

サトの横から健二の声がして、武彦が振り向く。葉っぱを受け取ると、手桶《ておけ》で洗ってから陸に見せた。

「こういうことだろうと、思った……。陸。残念だけど、これはよもぎ餅にはならない。茎が赤いだろ？　食べられない種類だ。泣くなよ……入浴剤にはなるだろ」

そう言ってよもぎを風呂に浮かべる。そのまま浴室を出ようとして足を止めた。視線がサトを捉《とら》え、くるりと踵を返す。

手を伸ばし、陸の頭をぐりぐりっと撫でた。

「よもぎを覚えてたのは、偉い……。叩いて悪かった」

言いながら、浴槽のそばに膝をつく。低い水量で溜めた湯の中で、陸がホロホロと涙をこぼす。

「痛かったな。でも、おまえがケガでもしたら、俺たちはもっと痛い。おまえだってじじぃと会えなくて、胸の中が痛いだろ？　同じなんだ。明日、見舞いに行っていいから。……連絡しておく」

　赤くなった陸の頬を撫で、武彦は立ち上がる。

「あれ？　号泣してないの？　大揉めしてるかと思ったのに」

　車を停めてきた陽介がTシャツを脱ぐ。一緒に入るつもりなのだろう。ジーンズも脱いで、下着一枚になってからサトを振り向いた。

「三人で入ろうか？」

「おまえはさっさと、陸の面倒でも見てろ！」

　武彦に下着を剝がれ、陽介はあっという間に浴室に放り込まれる。そのままの勢いでドアを閉め、立ち尽くしていた健二に茶を淹《い》れろと命じた。それから、サトを振り向く。

「……えっと」

　じっと見つめられ、サトはどぎまぎと視線を揺らす。

　全身を眺めた武彦の眉間に皺が寄る。表情はあきらかに苛立っていた。

「一緒に入りたかったか？」

「え？　なにが……？」

言われている意味よりも、どうしてそんなに不機嫌なのかがわからない。武彦はふいっと顔をそむけた。サトの戸惑いにかまうことなく、さっさと脱衣所を出ていった。


騒ぎがあったせいで予定したオムライスは作れず、その夜は卵とじのうどんになった。

「ついにやっちゃった、って感じかなぁ」

夕食の片付けを済ませて居間へ戻ると、テーブルにもたれながらテレビを見ていた健二が言った。武彦の姿は縁側にもない。

「まぁ、ショックだろうな」

座椅子にもたれた杉村が湯のみを持ったままで答える。居間に入ってきたサトに気づき、苦笑いを浮かべた。

年長のふたりは一日中仕事だ。まだ帰っていない。杉村が事後報告を済ませたから、予定通りの帰宅となるのだろう。

「叩かないって決めてたみたいなんだけどね」

「……仕方ないですよ。あんな大雨まで降ってたんだから、心配したでしょう」

「サトさんがいないから……余計に……」

ぼそりと言った杉村は、サトが聞き直す前に笑った。

「陸は陽介が寝かしつけてるって、ヒコさんに伝えてきてくれる？」

「あ。オレが行く」

気を使った健二が腰を浮かせたが、

「サトさん、行ってくれる？」

杉村は問答無用で繰り返す。

「健二は晩酌に付き合ってくれ。僕も神経がすり減った」

「なに飲む？　ビール飲んでもいいかな」

「じゃあ、僕がハイボールにするよ。作って」

「いいよ～」

ふたりが連れ立って台所へ消え、サトは武彦の部屋へ向かった。台所の隣が風呂場で、その隣が洗面所兼トイレで、個室はふたつある。さらに隣が陽介たちの洋室。向かいの和室が北原と宮本のふたり部屋だ。その続き間にあたる角部屋の仏間を、武彦はひとりで使っている。

ちなみにその隣であり、廊下の行きつく先にあるのが、組長の部屋。いまはサトが使わせてもらっている洋室だ。

仏間の襖を軽く叩くと、ぶっきらぼうな返事が返ってくる。そろりと開けて中を覗いた。

「りっくんは陽ちゃんが……」

部屋の真ん中に敷いた布団の上に手枕で転がった武彦はまだ外着のままだ。

「……寝てるの？」

ノックに返事があったのだから、起きているはずだ。なのに、こちらを見ようともしない。

「寝かしつけは陽ちゃんがしてるから」

隣の部屋とは襖で仕切られているだけだ。部屋の隅には仏壇が置かれ、その隣に床の間がある。仏壇の戸はきっちり閉まっているのに、広縁のガラス戸が開いたままだった。タバコを吸ったのだろう。部屋を横切ったサトは、戸締まりをしてから広縁との境にある障子を閉めた。

「ヒコさん。着替え、したら？　手伝おうか」

せめてジーンズは脱いだ方がいいと思う。でも、ベルトさえ勝手には触れない。武彦の服を脱がすのは、サトにとって性的なことだ。

「……気にしてるの？　りっくんを、叩いたこと。……あれは仕方なかったよ。誰にも言わずにいなくなるなんて、あんな怖いこと……。悪いのは、りっくんだ。でも、ヒコさん、あれが『よもぎ』だってよくわかったね。おれは全然気づかなくって、さすがだなって」

武彦の額にかかる髪をそっと揺らすと、手首を掴まれた。予想外の力強さに痛みを感じて顔をしかめる。武彦は不満げな目で睨んでくる。ただでさえ目つきの悪い三白眼だ。上目遣いになると、さらに凄《すご》みが増す。

ぞわりと鳥肌が立ち、それが恐怖だけじゃないことを自覚する。苦しいような気分になるのに、目が離せなかった。

「ジジさんはよもぎ餅が好きなんだってね。陽ちゃんが……」

「おまえさ」

サトの言葉を遮った武彦が目を閉じる。摑まれていた手も解放され、痛みに似たものを感じていた胸に隙間風が吹き込む。

痛くても冷たくても、触れられ、見つめられていたい。

そんな欲望がじんわりと湧き起こり、サトはくちびるを噛んでうつむいた。

武彦は傷ついている。わかっていて欲情してしまう自分は不謹慎だ。

「……女房面するなよ」

ごろっと仰向けになった武彦が、目元に腕を乗せる。

「なんか言えよ」

冷たい声で言うくせに、出ていけとは言わなかった。

「うん……。ごめん。そういうつもりはないんだけど」

女房面をしていると言われたことに対して答える。

そんなふうに言われるとは思っていなかったが、武彦を慰めたい気持ちはある。そしてなによりも、好かれたい。

少しでも点数を稼ごうとしている浅ましさに気づかされ、サトはますますうつむく。自分の手の甲を見つめ、それでも武彦のことを考える。

どう足掻《あが》いても武彦が好きだった。なにがあって、この男だけを覚えていたのかは知らない。

でも、血の繋がらない子どもを育ててあげてやろうと、自分の過去に抗《あらが》いながら必死になっている男は健気《けなげ》だ。誰にも傷を見せず、それがうまくいかないことの言い訳になるとも思っていない。

陸が幼稚園から消えたと聞いて、どれほどに胸を痛めたのか。

心配しただけじゃない。きっと、壊れそうなほどに傷ついて、怒って、悲しんで、……怖かったに違いない。

「りっくんから、嫌われてるって、思ってるの？」

「怒鳴って、殴って……。好かれるわけねぇだろ。実の親じゃないし……」

こぼれ落ちそうになるため息を、武彦は飲み込んだ。

何度そうやって、弱さを隠してきたのだろう。自覚もない強がりはいつしか武彦の癖になり、誰も声をかけられない排他的なしぐさになったのだ。

杉村や宮本、そして北原の年長組は、そんな武彦を組長代理に押し上げることで、見守っているのかもしれなかった。

彼らの中にある孤独や悲しみもまた、武彦に寄り添うことでなんとか人間らしさを保っているからだ。他人同士が家族同然に暮らすということは、きっとそういうことなんだと、この数日間で悟るものがあった。

人間は優しさの中でしか、息ができない。

「好きだよ……。みんな、あなたが……好きだよ」

陸を叩いた右手を摑んで、顔から引き剝がす。武彦はくちびるを引き結ぶ。奥歯を嚙みしめているのだろう。厳しくなる表情を覗き込むと、腕を振り払われた。首を引き寄せられる。

「慰めに来たなら、それらしいこと、してくれ」

くちびるが当たる直前で、武彦に襟を摑まれた。足元へと押しやられる。

「モダモダしたって意味ねぇし。……すっきりしたい」

そう言いながらベルトをはずし、迷いもなく下着ごとジーンズをずらした。

「手コキなら、自分でもできる。咥えて」

苛立った声に強要される。とっさに視線をはずしたが、萎《な》えた性器を摑んでしごく手の動きは生々しかった。

「これが欲しかったんだろ。……やれよ」

「……っ」

どうしてと思うよりも先に、サトの手は動いた。武彦の手ごと摑もうとしたが、するりと逃げられる。代わりに、硬さを持ち始めたものがサトの指に触れた。

自分にもついているものだ。記憶喪失になってからも、朝勃《あさだ》ちや興奮で形を変えているのは見たし、触りもした。自慰はしていないが、それをどうすれば気持ちいいのかは知っている。

ゆっくり手を動かすと、武彦の手に首を押さえられた。

「セックスじゃねぇんだから、さっさとしろ」

憂さ晴らしの性欲処理だとほのめかされても、サトの気持ちは萎えなかった。鼻先に突きつけられた武彦の匂いにさえ、性的な興奮を感じたせいだ。

くちびるに先端が当たり、押さえつけられるままに額《ぬか》ずいた。

開いた口の中に誘い込んだのか、押し込まれたのか。はっきりしないまま先端を咥える。びくりと脈を打った武彦が芯《しん》を持ち、くちびるを滑らすごとに太く硬くなる。それがサトには嬉しかった。

男は趣味じゃないとあれほど繰り返していたのに、自分の愛撫《あいぶ》に反応しているのだ。濡らせば濡らすほど大きくなっていく。

「んっ……んっ」

恥ずかしいと思う余裕もないほど必死になって頬張り、どんなことが武彦を満足させるのかと、そればかりを考える。少しでも長く舐めていたいのに、途中で萎えることなく終わって欲しくて、射精を促すように急いてしまう。

「んな……に、吸うなっ……」

武彦の息が乱れ、髪を摑まれる。サトはやめなかった。

根元から裏筋を舐めあげ、音を立てるキスで埋める。フェラチオをしているサトの息も乱れ、

「はっ……ぁ、ん、っく……んっ」

必死さと水音が一緒になって響いた。

甘くかすれる自分の声と武彦の匂いに、サトの腰も疼《うず》く。もしも、同じことを武彦がしてくれたらと考え、頭の奥が痺《しび》れてしまう。目を閉じたサトは、根元に黒々と生える毛並みを乱した。

感じ入った声をこぼした武彦の腰が焦《じ》れたように突き上がり、同時に奥深く咥えさせられる。ギリギリ限界まで耐えて、サトは根元を摑んだ。

「ん、ぐ……っ」

「っ……い、きそ……」

いきり立った雄の声だ。武彦の性器も、いつのまにか熱く火照《ほて》り、始めた頃とは比べも

のにならないほど反り返っている。

「サトッ……」

名前を呼ばれて、泣きたくなった。むしゃぶりつくように先端を舐め回し、奥まで誘い込む。髪を掴んだ武彦の手が引き剝がそうと動いたが、抗って最後を求めた。浮き沈みを繰り返しながらしゃぶると、武彦の腰がわななくように痙攣《けいれん》する。

「い、くっ……」

男の呻きが噛み殺され、息を詰めた気配がした。同時に、張り詰めたものが根元からぶるっと震える。濃い液体はあっという間にサトの口の中に溜まり、鼻呼吸だけでは酸素が足りなくなる。

「んっ……ッ」

飲み込むことに躊躇はなかった。おいしいもまずいもない。喉奥《のどおく》に流れ込んできたものをそのまま嚥下《えんか》しただけだ。それよりも酸素が欲しくて、鼻息が荒くなる。

「は、ぅ……んっ」

「……も、いい……サト……もぅ……」

終わったばかりのものを吸いあげ、残りの一滴まで絞ろうとしていたことに、制止されて初めて気づく。額を押されながら引き剝がされると、太いままのそれがずるりと口の中から引き出された。

はぁはぁと乱れた息を繰り返したサトは、自分のくちびるを拭った。手の甲につくのは唾液《だえき》ばかりだ。でも、ほんのわずかに、見知らぬ匂いがした。それが武彦の精液だ。

「……おまえ、飲んだのか……」

ジーンズから足を抜き、部屋の隅にあるティッシュケースを取って戻った武彦がようやく気づいて唖然とする。サトはこっくりとうなずいた。

「いや、それは……」

望んでないと言われる前に、サトは布団の上から身を引いた。

動悸《どうき》がまだ激しい。油断すると、息があがりそうになる。

それは、呼吸もままならないほど激しいフェラチオをしたせいばかりじゃなかった。

初めて触れた武彦の熱さに胸がいっぱいになり、感情が溢れ出す。武彦にとっては愛情のない行為でも、サトにとっては違う。触れることを許されて嬉しかったし、萎えることなく最後まで導けたことにも安堵《あんど》する。

揃えた膝の前に、指をついた。

「ありがとう、ございました」

「……んだよ、それ。いやがらせにもならねぇのかよ」

後悔している声を聞きたくなくて、サトはゆらりと立ち上がった。足が震えたが、気力で耐える。

「ちゃんと、着替えてね」

よろけながら部屋を出る。ひとりになると、心臓が壊れそうに脈を打った。ふらふらと洗面所へ入り、冷水で顔を洗う。口をゆすぐのが惜しい気がして、変態じみた考えだと笑った。

いやがらせのつもりだったなんて、嘘だ。弱みにつけ込んだのはサトの方だろう。寂しさと後悔を煽《あお》って、武彦をそそのかした。こうなることを期待しなかったわけじゃない。

洗面台のふちを掴み、奥歯を噛む。

あのまま、抱かれたかった。同じようにして欲しいとは言わないまでも、女のようにでかまわないから組み敷かれたい。

胸と股間《こかん》が問題なら、隠したままでもいいと思う。たった一度だけでも、繋がることができたら本望だ。

「好きだなんて……」

つぶやいて息を吐き出す。サトは自嘲《じちょう》しながら目を閉じた。

好きだなんて、そんなきれいな感情じゃないだろう。記憶を失う前の自分は、武彦の言う通り、彼を憎んでいたのかもしれない。だから、こんなに固執して、性癖さえ変えてしまいたい欲望に駆られる。

浅ましい欲望だ。オモチャにされてもいいから抱かれたいと思う裏には、武彦を一瞬でもいいから自分のモノにしたい肉欲がある。

好きだから、の一言で許されるものだろうか。

きっと自分は、陸を利用してでも武彦の情を得ようとするに違いない。

「サトさん、水が出しっぱなし」

スッと伸びた手が、カランを閉じる。

「泣いてるの？」

顔を覗き込んできた陽介の手が腰の後ろに当たり、サトはとっさに身をよじった。二つ並んだ洗面台の間に置かれた台の上からタオルを取る。顔を拭くと、そのタオルの端を陽介が引いた。

「やめた方がいい」

奪われたタオルが床に落ちる。

逃げようとした腕を掴まれ、奥に並んだトイレの前まで追い込まれた。洗面所の引き戸は半分開いたままだ。声を出せば、誰かには届く。

でも、サトにはその気力がなかった。

「……傷ついた顔してる。ひどいことされた？」

顔を覗き込んできた陽介の手があごを支えた。そのまま持ち上げられる。アイドル雑誌の表紙を飾れそうなほど、甘い目元だ。こんなヤクザ紛《まが》いの組にいなくても、陽介ならまともに暮らしていけるだろう。杉村もそう言っていた。

ある日どこかへ消えても、なに食わぬ顔でカタギの暮らしに溶け込める。陽介は、腰かけのチンピラヤクザだ。

「ヒコさんはね。女だって玄人だけだ。金払ってしかセックスしない。なんでだろうね……」

淡々と話す陽介の眉がほんの少しだけ歪む。

「俺じゃ、ダメ？」

冗談でかわせる雰囲気じゃなかった。サトは必死に首を振る。

「……俺の方が優しくできる」

男の両腕が壁へと伸びて、サトを閉じ込めた。キスしようと近づいてくるくちびるを避けたが、代わりに頬へと押し当てられる。そしてなめらかな肌が触れた。

武彦とは違って、無精ヒゲの生えていない頬だ。

「サトさん。勃ってる……」

ふいに腰を撫でられ、サトは息を詰めた。

「ふたりでなにしてたの。サトさんだけお預けなんて……。ひどいね」

「触ら、ない、で」

やんわりと触れてくる陽介の手を払いのけた。でも、膝頭が足の間に割り込んでくる。

「難しいことは後にしよ……？　目を閉じてれば、あの人だと思えるだろ」

「いやだ」

「中へ入れば、バレない」

口調は柔らかいが、陽介は強引だった。腕を摑まれ、壁から引き剝がされる。個室へ入るつもりだ。

「陽ちゃん……、いやだ。いや」

「ひどいことしないから。サトさんのそれを抜くだけだから」

ぐいぐい引っ張られる。陽介が片側の個室のドアを開けた。

「陽ちゃんっ！」

責めるように叫ぶ。ドンッと壁を叩く音がした。

「……トイレに複数で入るのは、吐くときだけだ」

武彦の声がして、サトはとっさにうつむいた。陽介は臆することなく、サトを背中にかばった。

「陽介。どういうつもりだ」

「そっくり、そのまま、返すよ」

声のトゲを隠そうともしない陽介を押しのけ、その場から逃れようとしたサトは武彦の脇をすり抜ける。引き止められなかった。

「いくらおまえでも追い出すぞ」

陽介に詰め寄る武彦の声がして、逃げたサトは引き戸の外で足を止めた。

「サトさん、勃起《ぼっき》してたけど？　それって、誰かがエッチなことしたんだよな」

「知るかよ」

「……あんたを慰めに行ってたんだろ。どういう慰め方させたのか、説明してよ」

「バカか？」

「好かれてるからって、なにしてもいいってことにはならない。そうだろ？」

年上の武彦に対しても陽介は遠慮がない。普段はわきまえていても、不満があれば、それを隠さないタイプだ。

「向こうが勝手に言ってるだけだ。……好きなのか？」

武彦に鼻で笑われ、陽介は床を踏み鳴らした。

「あんたには言わない！　男は嫌いだって言ってたくせに、オナホ代わりにしてんなよ！

そんな扱い方許さない」

「あいつはおまえの母親か？　俺に嚙みつくな」

「誰が母親に欲情するか！　死ね、ボケヒコ！」

怒鳴った勢いのまま飛び出してきた陽介は、そこに立っているサトを見ても驚かなかった。困ったように眉をひそめるだけだ。

「……好きだからって、オモチャにされるのはやめてよ。見ていられない。あんたがよくても」

部屋に戻るように促され、サトは黙って背を向けた。見送っていたはずの陽介がもう一度近づいてくる。

「あの人、俺を殴らなかった。だから……、なにがあったかは知らないけど、後悔してるんだよ。あの人なりに」

「……それ、言うんだ」

言わなければ陽介にとっては有利だろうに。

「サトさんの気持ちを踏みにじってまでモノにしようとは思ってない」

「優しいね」

「じゃあ、俺にすれば？」

そういう問題じゃないことは、陽介だってわかっている。それでも言わずにいられないほど、武彦に向けているサトの想いが危なっかしく見えるのだろう。

おやすみを言って、背中を向ける。

武彦を求める自分の貪欲《どんよく》さに初めて不安を感じ、早く記憶を取り戻したいと心から思う。そのときも武彦を好きでいるはずだと、根拠のない確信を持ち、サトは胸騒ぎをなだめながら部屋の扉を開けた。

4

汗ばむ陽気の午後でも、コンロを使っていない台所はひんやりと涼しい。

イスに腰かけた陸は、浮かない顔をしていた。念願のお見舞いへ意気揚々と出かけていったのに、帰ってきてからはずっとこの調子だ。なにを聞いても生返事で覇気がない。

同行したのは宮本と杉村だった。宮本は戻ってすぐに、北原を追って仕事へ出た。

「心配はいらないよ」

陸の隣に座っていた杉村が近づいてくる。

浮かれて帰ってくるとばかり思っていた陸の落ち込みぶりに戸惑っているのを見透かされ、サトは苦笑いを浮かべた。

「喜んでくれたんだけどさ。別れ際に、あっちが泣いちゃって……」

孫のようにかわいがっていたというから、久しぶりに会った陸の様子に感極まったのだろう。またしばらく会えない寂しさもあったかもしれない。だからこそ、見舞いを断ってきたのだ。

「子どもながらに理解したみたいだ」

シンクのふちに左手をつき、杉村は窓の外を眺める。横顔はいつも飄々としていて、年寄りにも子どもにも過度な肩入れはしない。だけど、どちらに対しても愛情が溢れていた。

「ヒコの気持ちはわからないだろうけど、見せたくなかったものがなにだったかは知ったんじゃないかな」

「それがヒコさんにも伝わるといいんだけど……」

つぶやきながらグラスを三つ並べる。氷を入れてカルピスの原液を注ぎ分けた。

「ヒコと、なにかあった?」

「え? なにが?」

わざとらしくとぼけてみせる。そうすれば、杉村は必要以上に踏み込んでこない。

ふふっと軽妙に笑うだけで、テーブルの上から天然水のペットボトルを取った。

カルピスを薄めて、箸で混ぜる。陸のグラスは専用のものだ。アニメキャラクターの絵が描いてある。

「りっくん、疲れた?」

車の中で泣いたのだろう頰を、指の関節でいたずらに撫であげる。チラシとクレヨンを散乱させた陸は、目を細めて身をよじった。

「サトさん。しぐさがやらしい」

グラスのカルピスを飲んでいた杉村に耳打ちされ、サトは眉をひそめた。

「優しい、の間違いでしょ」

「……本当の君は、どんな男なんだろうね」

杉村はときどき驚くほど鋭いことを言う。

「変わらない……と思う」

「そうかな。もしそうなら、ずいぶん大変そうだ」

「どうしてですか」

「男のくせにやらしいから」

言われて、胸が痛んだ。でも、言葉のどこにえぐられたのかはわからなかった。ただ、嫌な気分だ。

「だから、忘れたんだとしたら、思い出さない方がいいのかもしれないね。……そうすることができるなら」

「まっさん、こわいよ」

「……ごめん。ずっといてくれたらいいのにな、って、僕も思っているからだよ。思い出しても、現実が悲惨なら、返さずに済むだろう？」

やっぱり恐ろしいことを言っているのだが、サトはもう気にしなかった。

「思い出したら、やっぱり追い出されるかな」

「ヒコ？　そうだなぁ。もしもすごく幸せで、恵まれていたら、線を引くだろうね」

「白鶴組は暴力団じゃないのに?」

「ヤクザだ。勉さんがやってることもギリギリだしね。もしも大きく稼ぐことがあったら、組織に呑まれるかも。そのあたりも見て働いているよ、あの人は」

「ダメなんですか。その、組織に入ったら」

「そうなったら陽ちゃんもケン坊も三下の仕事をやらされる。本物のチンピラになるってことだ。そうなれば、ヒコはあっさり解散するだろうな。あの子たちに犯罪の片棒を担がせるぐらいなら、自分が指を落としてでもここを終わりにする」

「……よくわからない」

考えたくもなかった。でも、武彦と白鶴組のいる世界は、そういう瀬戸際の世界なのだ。

「いいんだよ。わからなくて。……わからない君だから、みんなは安心してる」

「記憶を取り戻したおれがホンモノのヤクザだったら、大変だね」

「面白いけどね」

肩を揺すって笑った杉村は、

「こんな純情可憐《かれん》なヤクザはいないよ」

サトを覗き込んでいっそう笑う。そこへ陸が近づいてきた。サトのからだへ寄り添うように立ち、シャツの裾《すそ》を摑んでくる。

着替えは武彦以外が一枚ずつ買ってきてくれたので、陽介と健二から提供されたものを加えるとけっこうな枚数が揃っていた。まだ袖を通してないものもあるぐらいだ。

「おやつ食べる?」

髪を撫でて話しかけると、足に手を回すようにぎゅっとしがみついてきた。

「いいなぁ、子どもは」

杉村がその場にしゃがみ込む。

「……ヒコ、さん。誕生日。……じじぃが言ってた」

「あぁ、そうか。六月だったな」

「そうなんですか?」

サトが聞くと、杉村はしゃがんだままで顔をあげた。

「そうそう。十九日」

「……再来週?　じゃあ、お誕生会しようよ」

陸の両手を取って握り、サトもしゃがんだ。

「幼稚園でしてない?　お誕生会」

「してる」

「おうたを歌ってあげたら?　きっと喜ぶよ。ダメかな?」

杉村を振り向くと、左手で頬杖《ほおづえ》をついていた。ぼんやりした目がふっと我に返る。

「サトさんが言うなら、なんでも協力するよ」

「りっくんはどう?」

「……ぼく……やる」

小さく、こくんとうなずいた目が、不安と期待でキラキラと輝いた。

「おうた……」

ひとり言をつぶやきながら回れ右をして、テーブルへ戻っていく。後ろ姿はまるで行進だ。意気込みすぎて、右手と右足が同時に出ている。

「……ヒコさん。歌なんて……」

喜ぶだろうかと、いまさらな疑問が脳裏をよぎる。悩みながら立ち上がったサトを追うように、杉村も膝を伸ばす。

「子どもじゃないんだから、フリぐらいするよ。そういえばさ、陽ちゃんが君にメロメロだろ? 僕も立候補しておこうかな」

「え?」

距離を詰められ、左手が背中に回る。どぎまぎして後ずさると、

「ガキがいるだろうがぁっっ!」

武彦の怒鳴り声が勢いよく台所へ飛び込んできて、杉村が身を屈めた。腹をかかえて、笑っているのだ。

「監視してたみたいなタイミング……。地獄耳?」

「たまたま前を通っただけだ！　おまえも片っ端から粉かけてんじゃねぇ……ッ！」

「そんな……」

怒鳴りつけられてたじろぐと、杉村はふふっと笑った。

「僕は博愛主義だから、きれいな人なら性別は関係ないよ」

「うっせぇ！　聞いてねぇ！　……誰でもッ、ぐ……ぅ」

叫ぼうとした言葉を意地で嚙み殺した武彦がぷいっと顔を背けた。そのままドスドスと足音を響かせて台所を出ていく。

「あれで、うちの大将なんだから……」

笑った杉村は楽しげに肩を揺する。武彦は若くて短絡的で気が荒い。でも、それが白鶴組の求心力だ。

彼が真ん中で回っていなかったら、男たちはみんなばらばらになってしまう。それをよく知っているから、みんな互いの肩に腕を回す。組んだスクラムの真ん中で守られるのが武彦だ。

弱いからじゃない。大切な存在だから、男たちは全力で武彦と一緒に生きている。

「誰でもいいのかって、言おうとしてたよ」

杉村がグラスを手に取り、氷を鳴らす。

「鶴の恩返しってあるだろ？　秘密を知られたら、真っ白な鶴になって逃げていくんだよね。……白鶴組の押しかけ女房はどうなの？　恩を売っておいて、追いかけてもらう？」

細い目をさらに細めて、杉村は静かに微笑んだ。

サトはうつむき、なくした記憶の中に紛れているはずの答えをただ探す。知りたいけれど、知りたくない。その複雑な感情を、杉村には見抜かれていた。

＊＊＊

思い出さないわけにはいかないのだろう。

どうなってしまうのかを考えても意味がない。だけど、誰かを愛することには責任が伴う。武彦から言われたように、自分には恋人がいたかもしれない。

それを忘れたままで武彦に想いを寄せること自体が間違っているとしたら、問題はサトの性別だけじゃなくなってしまう。

過去の自分に恋人がいなければ、武彦は受け入れてくれるのだろうかと考え、フェラチオをしたぐらいで可能性を感じるなんて単純もいいところだと思う。都合のいい答えを求めているだけだ。

気持ちは常に行ったり来たりを繰り返し、鬱屈が溜まっていく気がした。

幼稚園へ着く前に雨が上がり、傘をたたんで園庭に入る。迎えに来た母親たちがあちこちに散らばっていた。

「えー、そうなの？　なんか不安だね～。あ、陸くんの……」

園庭を横切っていたサトに声がかかる。

物思いしながら歩いていたサトは驚いて振り向いた。声をかけられたのは初めてだ。向こうも声をかけるつもりはなかったのだろう。つい声に出てしまっただけらしく、お互いがあたふたと会釈をする。

「こんにちは」

誰のお母さんやら、まるでわからない。そもそも陸は幼稚園での話をしないのだ。

「……いきなり、ごめんなさい。ついつい声に出ちゃって……。陽介さんは来なくなったんですか？」

「いまは、ぼくが代理で」

「そうなんですね～」

白鶴組のことは、知る人ぞ知る話だ。秘密にはしていないが、情報網のある園ママたちの間では有名だと、陽介から聞いている。

だから、送り迎えを陽介が担当して、白鶴組一番の『イケメン人たらしスキル』で味方を確保してきたのだ。一歩間違えたらホストの営業だと笑った健二は殴られていた。

「いま話していたんですけど、最近、このあたりに不審者が出るんですって。子どもの顔をじろじろ見るらしいから、陸くんも気をつけて」

「ありがとうございます。気をつけます」

早々に立ち去ると、サトの背中に、母親たちのひそひそ話す声が聞こえた。

「ねー、すっごいかわいいでしょ」

「アイドル顔負け……っ。ファンになりそう」

「ほんと、ほんと！」

筒抜けになっていることには気づいていないのだろう。その騒ぎっぷりに恥ずかしくなりながら、陽介ならどうするだろうかと考え、同じようにはできないのだからと頑《かたく》なに背を向けた。気づかないふりが無難だ。

教室まで迎えに行くと、陸はすぐに出てきた。降園時間ぎりぎりに来たから最後のひとりだ。

靴を履き替えさせているうちに園長の藤井が出てくる。遊んでいた子どもたちに降園を促し始めると、雑談していた母親たちがわが子を呼び寄せ、あっという間にサトと陸だけが取り残された。

「あいつの誕生日会するんだって？」

他の保護者にするように、こんにちはと言いながら近づいてきた藤井はすぐに砕けた口調になる。今日もスーツだ。長袖だが、夏生地のシャリ感が涼しげに見える。

「……また焼けてませんか？」

質問に答えるよりも先に聞いてしまう。見事にこんがりと黒い。

「夏が近いから」

にかりと笑った歯も相変わらず白い。ぎりぎり嫌味じゃない爽やかさが絶妙だ。

天然の日差しで焼いているのではなく、日焼けサロンに通っているのだと武彦は揶揄《やゆ》したが、これもひとつのプロデュース能力かもしれない。

「すみれ組は特別にヘビロテ練習中だ。きっちり仕込んでおくから」

藤井の言葉を聞きつけた陸が歌い出す。行き帰りに何度も練習しているから、サトもすっかり歌えるようになった。

年の数だけ手を叩く部分では、二十九回の手拍子が拍手のようになる。それが陸のお気に入りだ。

「……喜ぶでしょうか」

誕生会を決めてから四日。サトの心配はそれに尽きる。

「ヒコ？　気にすることないだろ。素直じゃないからさ、普通の反応なんて期待しないでやってよ。昔から誕生日に特別なことされると不機嫌になるんだけど、そういうの知らないだけだから」

「怒って出ていくとか……」

「陸の前ではしないだろ。そんなことしたら、一緒にいる意味ないし。わかってると思うよ。なんとかしてやって」

肩にぽんと手を置かれる。

「わかり、ました。ん……？」

サトを押した陸が、今度は藤井をぐいぐいと押している。ふたりを引き離しているのだ。

「ふじじゃん、ダメ」

「ふじじゅん、ですぅー」

「ふじじゃんエンチョー先生。エッチだから、触らないで」

「おっと。誰に教わった、それ」

藤井が腰を屈めると、陸はつんとあごをそらした。

「ボケヒコだな」

「悪い言葉、ダメぇ～！」

「わわわっ。泥つけないで！」

足元の土を摑んだ陸の手を、サトは慌てて止めた。

「悪い言葉を使いました。申し訳ありません」

子どもに向かい、丁重な九十度のお辞儀をした藤井は、揃えた指先でうやうやしく水道を示した。

「手を洗ってからお帰りください」

「すみません……」

「汚されるのはわかってて着てるから、いいんだけどね。園児にまで下心を見透かされるとは……」

「そういうこと言うからです」

「他のお母さんには言ってないよ」

「当たり前じゃないですか」

水道まで移動して陸の手を洗う。ハンカチは藤井が貸してくれた。

「陸は、園長先生がサトさんと仲良くしたら嫌なのか？」

目線を合わせた藤井に聞かれ、陸は深くうなずいた。

「へー、じゃあ、陽ちゃんなら？」

首を左右に振る。

「誰ならいいの。ケン坊？　まっさん？　博さん？　……勉さん？　まさかの……」

言い終わる前に、ずっと首を振り続けていた陸がサトを見上げた。

「サトさんの、好きな人なら、いいの」

「ほー、わかってるね。それ、誰？」

「あ……」

言わなくてもわかってるはずだ。でも、藤井は聞く。そして。

「ヒコさん」

陸は答えてしまう。

「ヒコさんなら、サトさんと仲良ししていいの？」

「サトさんが決めると思う」

「そうだね。……陸、仲良しってどういうこと？」

「藤井さん！」

「まぁまぁ」

白い歯をきらりと輝かせて笑われると、それが教育上のなにか大切なことのように思えてしまう。

子どもは真剣な顔で考える。

「……チューして、一緒に寝ること」

「ほぅ……」

「ほぅ、じゃないです。やめてくださいよ」

「これって、突っ込んで聞いた方がいい？　寝るって……」

「藤井さん！　それは行きすぎ！　どうせ、テレビで見ただけなんだから」

「おっぱい、揉むんだよ」

「りっくん！　なに見たの！」

「じんぎなきたたかい」

「あー……」

教育上の良し悪しの問題じゃない。そういう環境なのだ。

藤井がげらげら笑い、目尻に浮かんだ涙を指で拭う。サトに睨まれていることに気づき、スーツの襟をピシリと伸ばした。

「陸、それはね、大人の秘密なんだよ」

「りんちゃんは、ママのおっぱい飲んでるって言ってた」

「それは魅力的だね。でも、ママのおっぱいとバイバイした子の方が多いよね？」

「……じゃあ、どうして大人になったらまた飲むの？」

「うーん」

しゃがみ込んだ藤井が唸る。難問中の難問だ。サトはふたりを交互に眺めた。

「そこが大人の秘密なんだな……。大人になったら大変なことがたくさんある。抱きしめられるだけじゃ安心できないんだよ。だから、赤ちゃんみたいにヨシヨシされたいのかもね。でもさ、それを誰かに言われたら恥ずかしいんだよ。わかるだろ」

「……うん。えいがを見てもね。同じように人を殴ったりしたらダメって言うよ。嫌がる女の人に乗ってもダメなの」

「けっこう、出だしからしっかり見てるんだな……」

「先生。ヒコさんも安心する？」

「え？」

「サトさんのおっぱい飲んだら、安心する？　男の人のおっぱいだとダメなの？」

大人ふたりが受けるダメージなど、純粋な瞳は微塵《みじん》も計算しない。助けを求められたサトは目をそらして首を振る。ここで任されても困るだけだ。

藤井が聞き始めたことなのだから、責任を持って最後まで対応して欲しい。

「……お互いに好きなら、ダメじゃないと思うよ」

「本当に？」

陸の笑顔がきらきらと輝いた。でも、サトは後ずさる。

なんとなく嫌な予感がして、耳を塞《ふさ》ぎたくなった。でも、子どもは容赦ない。

「よかったね、サトさん！　男同士でも、おっぱい、だいじょうぶだってッ！」

「あ、あっ……」

サトは言葉を失い、藤井が吹き出す。

「りっくん……」

両手で顔を覆ったサトは恥ずかしさで消え入りたくなる。それはもちろん、陸の前でも武彦に対する愛情を隠さずにきた自分が悪いのだ。

それでも、無邪気に言われるのはたまらない。不純な欲望だからなおさらだ。

「それは……ヒコさんがね……おれをね、好きな場合でね……」

「ヒコさんは、いっつも怒ってるからねっ！　早く、おっぱい飲ませてあげないとね！」

両手の拳を握りしめ、なぜだか全力でやる気満々だ。

「おー、おー、それがいい、それがいい」

藤井が笑いながら陸の髪を撫でた。

「でも、陸は見ちゃダメだぞ〜。ヒコさんも、サトさんも、恥ずかしくて『仲良し』できなくなるからな」

「藤井さん！」

「あれ？　まだなの？」

からかうでもなく、あっさりと驚かれて頭に血がのぼる。サトは間髪入れずに、肝心なところで鈍感な藤井の革靴を踏みにじった。

＊＊＊

絶対に見ない、人にも言わないと、最後には涙ぐんだ陸に慰められて降園した日から、一週間。

子どもはあっさり忘れても、大人はそう簡単じゃない。

フェラチオの記憶と相まって、二、三日は夢に見るほど悩まされた。武彦に胸を吸われるなんて想像していなかったのに、陸のあどけない発想のせいでサトの疲労は半端ない。

セックスしたいと考えても、途中の経過についてはすっ飛ばしていたことも気づかされた。妄想は生々しさを増し、いたたまれない気分になる。

うすっぺらな胸の肉を摑まれ、武彦の舌が這う。それだけでも恥ずかしいのに、吸われたらどんな感覚がするのか。

触れることはできても、吸ってみることはできないから、なおさら想像だけが逞《たくま》しくなってしまう。

そんな自分が相も変わらず無邪気な陸の送り迎えをするのだ。世の中のお母さんたちは夜の営みのいやらしさをどう消化しているのだろうかと、そんなことまで考えて自己嫌悪のドツボにハマる。

「そろそろ帰ってくるんじゃない？」

台所の壁時計を見上げ、健二が言う。

誕生会は夕食の前に始める予定だ。ケーキのために食事の量を減らした陸が怒られでもしたら元も子もない。

陽介と健二とサトと陸。若手四人で作ったケーキを冷蔵庫へ隠す。冷凍のスポンジケーキを買ってきて、生クリームとイチゴを挟み、周りにもたっぷり塗ってデコレーションした。少し不格好な、手作り感溢れる仕上がりだ。

予定よりも遅くなっていた北原が慌てて帰宅した後、頼んでいた時間ぴったりに宮本が玄関で車を停める。陽介と健二が迎えに出るのはいつものことだ。部屋着に着替えた武彦が台所に顔を出し、みんな、なに食わぬ顔で挨拶をする。

「今日、なに？」

聞かれたサトは、小首を傾げた。

「五目ずし」

「あー、いいな。さっぱり」

なにも知らない武彦は満足そうに笑って、テーブルの上を見た。二升炊きの炊飯器で炊きあげた米は酢飯にするだけで大仕事だ。そこに具を混ぜ込み、桜でんぶの上にフライパンふたつで焼きまくった錦糸卵をたっぷり乗せた。

陸がひたすらに型抜きした花形のニンジンがかわいらしいアクセントだが、武彦はそういうところに気づく男じゃない。

「勉さん。久しぶりにポン酒、出そうか」

花より団子、飯より酒だ。北原がふたつ返事で秘蔵の日本酒を取り出した。一升瓶だ。宮本がグラスを用意する。猪口《ちょこ》なんてまどろっこしいのだろう。

「りっくん、待っててね。陽ちゃん、お寿司を運んで。お箸もお皿も出してるよね」

サトが食事の準備を仕切る。

「まっさん、ビールも持っていっていい？」

健二がすかさず聞いたが、

「後にしろよ」

北原に声をひそめて諭される。宮本も隣で深くうなずく。ふたりが出ていき、杉村と健二も居間へ移動した。

「サトさん。準備ＯＫ。俺が襖を開けるから。陸は最後な。サトさんを押したらダメだぞ」

陽介に念を押され、陸はこくんとうなずく。もうすでに、披露する歌のことで頭がいっぱいなのだ。

サトは冷蔵庫からケーキを取り出した。どこも崩れていない。生クリームがいびつな波を描き、イチゴが無秩序に乗っている。

チョコレートでできた『おめでとうプレート』には、手先の器用な陽介が『ひこさん』と書いた。お世辞にも上手いとは言えない。だけど、それがいいような気がした。

「じゃ、じゃ、じゃ〜ん！」

明るい声を張りあげた陽介が襖をスパンと開ける。ケーキを両手で持ったサトはそろそ

ろと中へ入った。武彦の顔を見る余裕もなく、空いたスペースにケーキを置く。

つまずかなかったことにホッとしながら武彦を見たが、まるで他人事《ひとごと》の表情だった。誰の誕生日だろうと、居間を見回している。

「ヒコさん。お誕生日おめでとう」

「は？　俺？」

サトの言葉にきょとんとして、自分の鼻先に指先を押し当てる。ハッと息を呑んだ。北原に背中を押された陸が出てくる。

すぅっと息を吸い込み、幼稚園の行き帰り、そして風呂でも練習していた歌を、武彦のためだけに歌い出した。腰の後ろで腕を組み、やや調子はずれな声を張りあげる。

武彦はぽかんとしていた。陸の歌につられて、すっかり覚えてしまった面々も声を合わせると、すくりと立ち上がる。

不安そうな陸の背中を誰かがそっと叩く。逃げた武彦は縁側の襖の向こうにどさりと座り直す。

肩と肘が少しだけはみ出して見えた。

それが彼の精いっぱいだ。

「泣いちゃうんじゃない？」

年の数だけ手を叩く箇所で、思い切り拍手した健二が言うと、

「泣くか！」

　武彦が怒鳴る。あぐらの上に肘をついた姿勢で、ちらりと見えた顔はほんのりと赤い。泣いてはいないが、照れてはいる。

だから、もう誰も、からかわなかった。北原がグラスに入れた日本酒を武彦のそばに置く。武彦はそれを一息に呑んでしまう。

　見事に歌いきった陸に対して拍手が起こり、サトはケーキを切り分けた。興奮しきって小鼻を膨らませた陸に預ける。

　皿を両手で持った陸はそろりそろりと歩いて運び、武彦に「どうぞ」と渡した。わくわくした顔で隣に座る。宮本が陸の分のケーキを届けた。

　なにを話しているのかは聞こえなかったが、会話は生まれているらしい。気にしていない素振りをしながら、それぞれがそれぞれ、縁側へとさりげなく目を向ける。

　北原からビールの許しが出た健二と陽介が躍り上がって台所へ駆け込み、騒がしさの片隅から、陸と武彦の笑い合う声が聞こえた。

　サトは静かに立ち上がり、トイレに行くふりで廊下の陰に隠れた。うっかり溢れた涙を、誰にも見られたくなかった。

二升炊いた五目ずしはすっかりなくなり、錦糸卵の一本、しいたけのひとかけらも残らなかった。

今夜は陸も夜更かしを許され、いつのまにか武彦の膝に乗り、うとうとと船を漕《こ》ぎ始める。気づいた陽介が回収してそれきりだ。狭いベッドで添い寝をしたまま、もう起きてこない。

時計の針が十二時を過ぎると、騒がしくしていた健二の声も聞こえなくなった。サトが台所の片付けを済ませて覗くと、健二と杉村は、大の字になっていびきをかく北原の足と腕を枕に寝ていた。宮本は壁に寄りかかり、武彦もテーブルに突っ伏している。みんな、すっかり酔いつぶれた後だ。それぞれの部屋からタオルケットを回収してきてかけてやり、飲み明かした残骸《ざんがい》もすべて台所へ下げた。

「……水、くれ」

寝ていたはずの武彦の声がして、サトは洗いたてのグラスにペットボトルの水を汲《く》んで渡す。

「明日でいいだろ」

一息に飲み干した武彦は、グラスふたつを残すだけになったシンクを覗いた。

「……飲んでないのか？」

「飲んだよ。あんまり強くないみたい」

記憶をなくす前もそうだっただろう。酔いがすぐに回る。武彦が浄水器から水を汲むのを待ち、サトは残りのグラスを洗い流した。

「おまえだろ。計画したの……」

低い声で言われ、ドキッとする。

「ありがとう、な……。この歳《とし》になってされることでもないけど、まぁ、いい思い出になった」

「これからいくらだって……」

笑いながら振り向いた先に武彦のくちびるがある。開けた窓から初夏の夜風が吹き込み、サトは爪先《つまさき》立った。

くちびるはあっけなく当たる。

目を伏せたまま身を引くと、水の残ったグラスがシンクに置かれる。顔をあげるまでもなかった。腰の後ろを抱き寄せられ、覗き込んだ姿勢の武彦からキスされる。

「ん……っ」

くちびるが角度を変え、そのたびにサトは戸惑う。自分がキスも知らない人間だと、そのときに気づいた。

くちびるを押し当てるだけがキスじゃない。ついばまれ、開いた隙間に武彦の舌が入り込んでくる。

「ぁ、はっ……」

からだがぶるっと震え、武彦のボタンダウンシャツを鷲掴《わしづか》んだ。

チュクッと唾液の音を響かせ、キスはまだ続く。絡んだ舌の熱さに戸惑う余裕さえ奪われ、サトは初めてのキスに酔った。

酒とタバコのくすんだ匂い。

武彦じゃなかったら嫌悪するかもしれない。だけど、武彦だから、なにもかもが甘くて淫《みだ》らだ。

「柔らかいな……。これ以上は、シャレになんねぇ」

息が乱れたのはサトだけじゃなかった。うつむいた視線の先に武彦の膨らみを見つけ、そのまま膝をつきたくなる。

もう一度、咥えたい。そう言いかけて口ごもる。

したいことはそれじゃないと思った。欲望が先走り、思考がもたもたともつれていく。

「……もっと」

口に出せたのは、それだけだった。消え入りそうな声を笑う武彦の裸足の指先が、サトの裸足に触れる。それを踏み返した。

「酔ってるよ、俺」

「途中で寝ても、文句言わないから」

「……サト。酔ってんの？」

無遠慮に前髪を掻き分けられ、サトはうなずいた。酒はほとんど飲んでいない。だから、酔ってもいない。

だけど、遠まわしな武彦の言葉に目が回った。そんなふうに誰を誘ったのかと、苛立ちに似た嫉妬《しっと》も覚える。

「この前の、埋め合わせ程度なら、な……」

サトの指の下から逃げた武彦の足先が、内側のくるぶしを撫でて離れる。

ふらふらと台所を出ていく背中を目で追うと、ガラス戸のところで足が止まった。振り向いた武彦が手のひらを差し出してくる。太い男の指がサトを手招いた。

「そのままでいいだろ。来いよ」

ふいっと消えた武彦を慌てて追いかける。居間の襖の向こうからは地を這うようないびきの合唱が聞こえた。

廊下へ出ると足がもつれる。立ち止まった武彦は静かに笑っていた。


武彦は確かに酔っていた。

触れてくる指も舌も熱くて、どこを触られてもサトはいちいち小さく飛び上がる。

この前のときとは逆だった。サトが仰向けに寝転がり、膝下までのパンツと下着をずらされる。躊躇なく握られたそこは、ごまかしようもなく立ち上がり、あっという間に先端を濡らす。

「すぐにイキそうだな……。ちょっとは愉しめよ」

からかうように笑う武彦は容赦なかった。根元から握り、絶妙なリズムで先端まで滑らせる。手のひらでこね回されて、また根元まで下りていく。

「だ、めっ……」

しごかれるたびに腰がついていき、出したくなるのをこらえたが、腰は恥ずかしいほど震えてしまう。

「んー、じゃあ、こっち……」

酔いで開き切らない目をすがめた武彦は、意地悪くくちびるの端を歪め、サトのVネックのTシャツをたくしあげた。

「ひっ……」

触られたのは乳首だ。爪《つめ》の先で弾かれ、ゆっくりと乳輪を撫でられる。

「……ぁ、はっ……」

「感じてんの？　こっちも大きくなってきた。やーらしぃ。なー、サトちゃん、エッチな乳首」

「や、だ……、いやっ……」

　指先でもてあそばれ、サトは身をよじる。自分で触れても、こんなにいやらしい気分にはならなかった。武彦に触られる妄想だってしたが、実際とはまるで違う。

　なによりも、楽しそうにいじめてくる武彦の視線がいけない。

　獲物を狙《ねら》う雄の視線だ。腹をすかせた狼《おおかみ》だって、これほど卑猥《ひわい》に舌なめずりしたりはしないだろう。

　怖いとは思わなかった。サトは初めから武彦を求めている。飢えていたのは、サトの方だ。だから、貪《むさぼ》られたくて、武彦の欲望を腹いっぱいに満足させたかった。

「んっ……」

　きつく乳首を摘まれ、サトは目を閉じてのけぞった。しごくのをやめていても、下半身は握られたままだ。腰をよじらせれば、擦《こす》れる感覚で肌が痺れていく。

　じれったいからこそ、からだは内側から燃える。

「ひ、ひこ、さ……」

　腰が揺れて止まらず、くちびるを噛んで腕を伸ばした。

「イキそうか」

　こくこくうなずくと、覆いかぶさるように顔を見つめられた。視線がパーツのひとつひとつを確かめて動く。武彦の手が先端を包み、亀頭が撫で回される。

「……あ、あっ」

もっと刺激がなければ、慣れていないサトは射精まで行けない。たまらずに自分でしごいたが、くぼみから上を武彦に握られていて不完全だ。

「あ、あぅ……」

「イクとき、『イキます』って言って」

「いや、だ……」

首を振ってくちびるを噛む。

「言わなきゃ、服も布団も汚れるだろ。手でちゃんと受け止めるから……な。サト……」

「あ……、やっ」

指が先端のくぼみをいじる。それと同時に、武彦が顔を伏せた。サトの胸にくちびるを押し当てる。

「や……、ぅ……んんっ」

指でもてあそばれて腫れたように膨らんだ乳首が、唾液でぬるりと濡れる。それから、きつく吸いあげられた。

「あぁ。……クっ。……い、き……ます……ッ」

吸いつかれたまま、ぬるぬると乳首が転がされ、先端をいじる武彦の動きと、幹をしごくサトの動きが合致する。

「う、くっ……」

感じたことのない解放感が腰から全身に広がる。緊張と解放が交互にやってきて、数回に分けて精液が飛び出た。

「どう？」

唾液で濡れたくちびるを拭いながら、武彦が視線を合わせてくる。はぁ、はぁ、と乱れた息を繰り返すことしかできないサトは、泣きたい気分になった。

興奮がすっと冷めていく。射精の後にくる倦怠《けんたい》感だと気づくよりも先に、武彦がくちびるを合わせてきた。

「次、俺の番……」

「くち、で」

「こっち、だめ？」

思わぬ申し出だった。セックスのスイッチが入った顔で、武彦は濡れた手をサトの後ろへ伸ばす。出したばかりのものを、ヌトッとなすりつけられた。

答えないうちに横向きの体勢を取らされる。酔った武彦の指は、まるでそこがごく普通の場所であるかのように触れた。女とならアナルセックスの経験もあるのかもしれない。

「あっ。……ふっ……ぅ」

濡れた指先で押されるだけでも声が洩《も》れる。射精後の倦怠は掻き消え、新しい欲求がサトを揺すり起こした。

抱いてもらえる。そう思うだけで、全身が震えそうになり、浅く息を吸った。

武彦が酔っていようが、後でどう感じようが、そんなことはどうでもいいとさえ思う。

そんな自分の欲深さに怯えながら、相手が武彦だからだと繰り返した。必死の弁解だ。

そこに答えがあってもなくてもいい。自分の過去が、この行為で一八〇度変わってしまうことも怖くない。

「……おまえ、まるっきり処女だ」

そう言われ、サトは身を震わせた。指が何度もすぼまりを突く。

たとえ過去の自分に愛した人間がいても、いまは武彦だけだ。

この男だけを手に入れたくて、気が焦る。この瞬間に、からだだけでもいいから繋がって、自分自身を満足させたくて、欲望のどす黒さが淫靡《いんび》な欲望へすり替わる。

「ヒコさんは、慣れ……てる……」

浅い息の合間にあてつけを言うと、

「どうして」

武彦は静かに答えた。いじめ返すように指が沈む。

「あ、あ、あっ……」

「声、出ちゃうの？　たまんない……」

「……ゆ、っくり……」

「そんな時間、ねぇだろ。勉さんたちが起きたら、襖の向こうで寝てるんだから。おまえの声なんて筒抜けになる。それとも、聞かせてやる？　覗かれるかもな」

「や、だっ……」

布団の上を這うように逃げる腰を武彦の手が押さえた。

「あぅ……っ」

差し込まれた指がぐりっと動く。

「嘘だって。そっち向いてれば、顔は見えないだろ。声はちょっと抑えような」

そう言って、枕を渡される。同時に抜き差しされ、サトはたまらずにソバガラの入った布地に噛みついた。

「う、ふぅ……ぅ」

「ローションないとキツいか」

ずくずくと動かされるたびに、サトのからだは敏感に跳ねて指を締めあげる。男のモノをねじ込むなんて、とてもじゃない。こじ開けられることを想像すると、サトでさえ萎えた。

「……仕方ねぇな」

ぼそりと言った武彦も、隣の部屋に人が戻ってくることを警戒しているのだろう。酔いが醒《さ》めてきたのかもしれなかった。

すでに前をくつろげていたジーンズをずらし、下着からも片足を抜く。両方抜くのはまどろっこしいのか、片足にジーンズと下着を残した状態でサトの腰を摑んだ。

額ずく姿勢になり、腰を高く持ち上げられる。サトの足の間に、熱く火照った昂ぶりがねじ込まれた。

「ヤバいぐらい、すべすべだな。手、貸して。ここ、押さえてろ」

言われて、右手を自分の股間の下に回す。

「そうそう。それ……」

武彦が腰を押しつけると、押さえたサトの指に裏筋が沿った。

「イケ、そう……」

ふぅっと息をついた武彦の指は、まだサトの中にある。どの指なのかもわからないそれが、武彦の腰の動きと一緒になって擦れる。ずるっと抜けて、また押し込まれ、

「あっ、あっ……」

サトは枕を嚙んで喘《あえ》いだ。武彦の息も次第に上がっていったが、太ももに擦りつける腰の動きは緩慢だった。硬く張り詰めたそれはじれったくサトの裏側を行き来する。

それでも武彦は確実に昇り詰めていた。息遣いが低くかすれ、サトの心を掻き乱す。

「ヒコ、さん……っ」

「なに？　いま……、話せ、ねぇ……」

手も腰も頭も、快楽を貪ることでいっぱいなのだ。それはサトも同じだ。イッたばかりの下半身は柔らかなままだが、じわじわとした快感がもどかしい。

「……んっ。挿《い》れ、て……ほしっ……」

「はっ……く」

武彦の動きが急に激しくなる。サトに差し込んだ指がずるっと抜けた。

「どんな顔して……くそ、あぁっ……」

口悪く悪態をこぼした後で、武彦がからだを離す。乱れた息が途切れ、温かな体液がサトの臀部《でんぶ》のくぼみを濡らした。

さんざん指でいじられた場所に、濡れた先端が当たる。射精した後では意味がない。それでも、武彦は先端を何度か滑らせた。

くぼみから伝った精液が割れ目を濡らし、見られている恥ずかしさにサトは震えた。

「もう……」

やめてと頼む前に、両方の肉を鷲摑まれる。

「あっ、ん……っ。だめ、だって……、ヒコさんっ」

揉みしだかれ、枕を投げ出して逃げると、指が追ってくる。また中を探られ、サトは背中を引きつらせた。

「ヒコさんっ……、欲しくなる、から……っ」

誘うようだとわかっていて腰を揺らす。求められれば拒めない。たとえ誰に聞かれても、誰に見られても。武彦がそれでいいと言うならかまわない。

でも、違うだろう。そんなことを望む人じゃない。

「指、抜いて……」

「欲しいって言っただろ」

ぶっきらぼうな声はどこか拗《す》ねている。

今日はもう終わりだと、どちらからも言い出せない雰囲気だ。決定権を譲り合い、責任の所在が曖昧《あいまい》になるのを待っている。

でも、武彦は引いた。指を抜いて、ティッシュで自分が放ったものをささっと拭う。

「服着て、シャワー浴びてこい」

「ヒコさん、服……」

「うるさい。賢者タイムだ」

そう言って布団の上に戻り、下半身を晒《さら》したまま、ごろりと転がる。

「サト、早く行け」

のろのろと服を着ているのもお見通しだ。ぴしゃりと言われ、サトは部屋を出た。物音ひとつしない深夜の気配の中、シャワーを浴びて着替える。

それから、武彦の様子を見に戻った。あのまま眠っていたらかわいそうだと思ったが、すでに部屋の明かりは消え、薄闇の中に寝息が響くばかりだ。

目をこらしたサトはそのまま襖を閉めて、台所へ入った。こちらもきれいに片付いている。あらかた終わらせていたが、最後に武彦が置いたグラスも洗われ、水切り台に伏せた食器もグラスも片付いている。

武彦の部屋と同じだった。眠る武彦のそばには畳んだ衣服があり、布団はきちんとかかっていたのだ。誰かが後始末をしたことはあきらかで、サトはおそるおそる居間を覗く。闇の中で寝ているのは、座布団を敷き詰めた上に寝かされた健二だけだ。タオルケットは二枚掛けになっていた。

そこにいない三人のうちの誰か。それとも、全員。そう思いながら部屋へ戻る途中で、北原と宮本の部屋の襖が開いた。

明かりが暗い廊下に洩れ、顔を見せたのは杉村だった。

「ちょっと、いい？」

微笑みを向けられたが、罪悪感が募ったサトはびくりと身をすくませる。緊張して中へ入ると、車座になって飲んでいた宮本と北原が軽く手を挙げた。

杉村が埋めていたのだろう部分に座布団が置かれ、座るように促された。

サトは素直に腰をおろす。杉村は広縁へ出ていく。ガラス戸を開けて、タバコに火をつけた。

「少しだけ、飲まないか」

そう言って、北原が新しい湯のみに日本酒を傾けた。差し出され受け取る。断れる雰囲気じゃない。だから、ほんの少しだけ口に含んだ。

甘い米の香りが鼻に抜ける。嫌いな味じゃなかった。

「……聞いてはねぇんだ」

色黒な北原がこめかみを指先で掻きながら切り出す。

その隣に座る宮本のいかつい顔は耳まで赤い。それが酒のせいではないと気づき、サトはうつむいた。自分も同じぐらい赤くなっているだろう。

「き、聞いて、ない。ほ、ほ、んと……」

言葉に詰まりながら、宮本が首を左右に振る。サトは熱い頬をもてあましながら、さらにうつむいた。さっきまでの自分の大胆さが思い出せず、後先を考えない無謀さは記憶のないせいだろうかと恥ずかしくなる。

「すみませ……」

「あいつは、いい男だ」

サトの謝罪を、北原が遮った。タバコを消した杉村が戻ってきて、ふたりの後ろに膝を揃える。あぐらをかいたままの北原と宮本が畳の上に両手をついた。

「酔った上でのことで傷ついたとは思う。どうか、許してやってくれ……」

「え？」

サトは戸惑った。いかつい男ふたりの背後に控える杉村へ視線を向け、助けを求める。

でも、口を開いたのは北原だ。

「明日、ヒコが覚えてるかどうかは怪しい。でも、出ていったりしないで欲しい」

「そんなこと、しないよ。だって……」

自分が誘ったも同然だ。きっと、酔っていなかったサトの計算高さの方が罪深い。

「……最後までしてないもんね」

杉村が軽口を叩き、見た目とは裏腹に純情な宮本が座ったまま飛び上がる。

「おまっ、おまっ……」

「だってさ」

宮本に胸倉を摑まれながら、杉村はハハッと笑う。

「初めてだったら、もうちょっとさ……」

もうちょっと、なになのか。経験不足のサトにはわからない。

「なにですか？」

聞いたが、年長三人はそれぞれ視線をそらした。

「飲むか」

納得したらしい北原が咳払《せきばら》いする。

「答えてくださいよ。ダメ……、答えるまで渡さない」

とっさに引き寄せた一升瓶を抱えて睨みつける。

「教えるから、僕らと飲む？」

杉村が宮本を押しのけた。

それは安全だろうか。危険だろうか。襖の向こうでは武彦が眠っている。

「……このお酒だけなら」

ぐいっと差し出した一升瓶の残りはわずかだ。

「負けたね」

杉村が笑い、残りのふたりも深くうなずいた。

5

一升瓶を受け取った北原は自分たちのグラスを満たし、サトの湯のみに残っていた酒は宮本がペットボトルの天然水で薄めてくれた。

そんな優しさをさらりと見せるのが白鶴組だと、つくづく思い知る夜が明け、サトは今日も一番に目を覚ます。家の中の空気を入れ替え、居間で眠っている健二に軽く声をかけて台所へ入った。

二日酔いではなくても、確実に酒を引きずっている面々のためにおかゆを炊く。番茶を沸かして、浅漬けを切り、梅干しを出す。

そうしているうちに、寝癖で髪を爆発させた健二が起きた。

「はよーござーますだ。風呂《ふろ》入ってくるマス」

妙な言葉でうなだれるように頭をさげて出ていく。

代わって現れたのは、半袖のパジャマを着た陸だ。

「まっさん、いない」

「勉さんたちのところじゃない？」

答えると、こくんとうなずき、台所を出ていく。その背中に、

「陽ちゃんも起こしてあげて！」

声を投げた。はーいとかわいい返事が聞こえ、サトの心もほっこりする。

年長組が起き出し、健二のシャワーが遅いと陽介が騒ぐ。聞きつけた武彦が怒鳴りながら起きてきて、陽介のシャワータイムの順番が横入りで奪われる。すべて、日常の風景だ。

陸が新聞を取りに行き、年長組は洗面台のシャワーノズルで頭を洗い、タオルでからだを拭《ふ》いて身支度を済ませる。若者たちと違い、短い髪は自然乾燥だ。

バラバラと台所へ集まってきて、テーブルの上に出した食事を自分たちで運んでいく。

「サトさん、しょうゆ」

「サトさん、からし漬けの買い置き」

「サトさん、かつぶし欲しいな」

入れ代わり立ち代わり、サトを呼びながらも、用事は自己完結させていく。これもまた日常の風景だったが、

「サトさん……」

入ってきた陽介が、バシッと殴られた。

「うっせぇよ。黙ってやれ」

睨《にら》みつけながら言った武彦は、すでに身繕いを済ませている。

シンクの前に立つサトを間近で見た瞬間、ハッと息を呑《の》んだ。いまのいままで忘れていたのだろう。

顔を見たのと同時に思い出したのが、手に取るようにわかる。

硬直が緩やかに解け、武彦は頰《ほお》を引きつらせた。

「……はよ」

「あいさつぅ〜。一日のきほ〜ん」

怒られたばかりの陽介がこれ見よがしに言う。舌打ちした武彦はそれでも会釈をやり直した。

「おはよう」

「……おはようございます。二日酔い、してない？」

「あ、あぁ……うん。けっこう、飲んだ……」

「そうだね。今朝《けさ》はおかゆにしたから」

「そっか……」

「うん」

視線を合わせられず、かといってその場も去りがたい。

「どしたの？」

健二が現れ、ふたりを見比べた陽介が恨みがましく唸《うな》った。

「またかよ」

「……してない、してない」

ひょいと入ってきた杉村が、武彦の肩を強く叩《たた》いた。

「痛ッ……！」

「人には見惚《みと》れるなって言っておいて」

「なんだよ。言ってねぇだろ。そんなこと。……幼稚園の時間だな」

「あ、すみません！　行きます」

健二が身を翻す。シンクから離れた武彦は、居間に向かって叫んだ。

「時間だぞ、陸！　今朝は俺が連れていく」

そう言いながら、陽介を押しのけた。台所を出ていく。

「やったぁ！」

武彦から誘われたらしい陸の声が居間から聞こえてくる。

「そんなに喜ぶ？」

面白くなさそうな顔をした陽介だったが、

「いってきまぁす！」

ホールで見送られて満面の笑みを浮かべる陸の姿には眉尻《まゆじり》をさげる。健二がひらひらと手を振った。

「いってらっしゃぁ〜い」

のんきな声が響き、ホールに顔を出した北原が眉をひそめた。

「あいつ、カバン持ってたか」

「あ、ヤバイ！」

陽介が慌てて自室へ駆け込み、持ってきたカバンを北原へ投げる。北原から健二へ飛んだのを、靴を履いたサトが受け取った。

門を出たところで、引き返してきたふたりと会う。武彦が手を伸ばしてきて、サトはカバンを渡した。

「悪いな」

「いえ、気をつけて」

カバンを背負わせた武彦は、陸の寝癖を撫《な》でつける。

「昨日、したか……」

小声で聞かれ、サトは視線を向けた。

「そんな、ちゃんとしたことは」

「……都合よく使おうとか、そういうことじゃなくて」

「酔ってたんでしょ」

ことさら明るく言うと、武彦に腕を摑《つか》まれた。

「嫌なこと、しなかったか。俺」

「……覚えてないの？」

サトがうつむくと、気を利かせているつもりの陸が背を向ける。

「覚えて、る……けど……」

煮えきらないのは、嬉々《きき》としていじめてきたことも覚えているからだ。ここぞとばかりにいじめ返してやりたかったが、陸に聞かせる話じゃない。それに、武彦ばかりが悪いわけでもなかった。酔っていなかったサトは、武彦が酔っていると知っていて誘いに応じたのだ。

「遅刻するよ！」

門から身を乗り出した陽介の声がして、

「行ってくる」

うるさそうに眉をひそめながらも武彦は笑った。ふいっと背中を向けられ、サトは思わず手を伸ばした。

スラックスのベルトを掴む。

「……また、酔ってくれる？」

それが誘いになることはわかっていた。わかっていて、口にする。

「『女』を連れ込むのは、ルール違反なんだ」

そらした視線が宙を泳ぐ。サトの心がチクリと痛む。

「記憶が戻るまでは行くところがないだろ。……ここにいろよ」

顔を覗《のぞ》き込まれ、サトは笑顔を取り繕う。胸の痛みなんて微塵《みじん》もないふりをして笑った。

「だいじょうぶか？」

普通に見つめているだけで威圧的な三白眼だ。この目をしているだけで、武彦はいわれのない攻撃を受けてきただろう。生意気だとか、ケンカを売っているとか。かわいげがないとか。

「うん、だいじょうぶ。引き止めてごめんね。もう、行って……。遅れる」

陸に手を引かれ、武彦が歩き出す。ふたりが角を曲がるまで見送ったサトは家に戻る。

開いたままの玄関に踏み込んだ瞬間、ハッとした。

拳《こぶし》を握りしめてしゃがみ込む。

「サトさん？」

まだそこにいた陽介が声をあげた。駆け寄ってくる。

でも、サトは答えられなかった。涙が溢《あふ》れて止まらない。

なにも変わっていなかった。

あの雨の日の事故のことも、それからの生活も、覚えている。

いままでどうしても思い出せなかった過去が、そっくりそのままスコンと元へ戻っただけだ。弾《はじ》き出されたことはなにひとつない。

自分の膝《ひざ》を摑み、サトはぐっとくちびるを嚙《か》んだ。

武彦との過去も思い出せた。『里見慎也』の記憶に残った少年の面影が、ついさっきまで見つめていた男の顔と重なっていく。

涙はしばらく止まらなかった。


心配する陽介にも記憶が戻ったことは言わなかった。

涙の理由は、武彦に嫌われたと思っていたけれど、そうじゃなくて安心したということにした。陽介はあからさまに不満げな顔になり、酔いのせいにするようなヤツは嫌いになれよとぶつくさ言う。陽介の本心だ。

「オレを選んでくれたら、一緒にここを出てもいい」

そう言われ、サトはいつになくツンケンとして陽介を突っぱねた。武彦が悲しむようなことは、あてつけでもしたくない。

陽介もまた、そんなことを軽い気持ちでは言わない男だ。謝ることもなければ、撤回もしなかった。そのまま別れ、サトは家事を始めた。

洗濯物を居間の庭先に干し、将棋を打っている宮本と杉村の邪魔をしないように中へ戻る。視線が合うと、宮本は笑顔を見せようとして失敗した。どう見ても悪いたくらみ顔だ。宮本の本当の姿を知っているサトは、そのギャップに笑ってしまう。

外見こそ恐ろしいが、宮本は思慮深い。吃音《きつおん》がなければいっぱしのヤクザになれたと北原から言われ、なれなくてよかったなと言った杉村にうなずくような男だ。それでも、腕っぷしの強さは白鶴組一だというから、あちこちチグハグだ。

洗濯カゴを脱衣所に置いて出ると、隣の洗面所から陽介の声が聞こえた。誰《だれ》かと揉《も》めているが、武彦はすでに仕事でいない。大きな祭りを控えての会合だ。健二は車の運転手として付き添っていた。

「邪魔なんかしてない」

「してるんだよ。おまえが本気になったら、あいつは引くだろ」

陽介の声に答えるのは、北原だ。冷静な声は低い。

「いままでだってそうだろ」

「誰のことも、ヒコさんは好きじゃなかっただろ。みんな、一方的に好きになるだけだ。今度だってそうだ」

「わからないだろう。そんなことは」

「じゃあ、試してみろって言うのかよ。捨てられるのはサトさんだ。男だからいいだろって、そんなわけにいくのかよ！　だいたい、昨日の夜だって、なにやってんの？　ヒコさんらしくないし、それを愛情だからって理由で見逃せない」

「……なぁ、陽介。わからないだろう。わからないじゃないか」

「知るか。知らないよ……。俺だってヒコさんには幸せになって欲しいよ。でも、サトさんが犠牲になるのはイヤだ」

「犠牲じゃない」

「……記憶が戻れば、忘れるから？」

「そうとは限らない」

北原の言葉に、サトは胸を押さえる。そうだ。結局は、なにも忘れなかった。だけど、まだ母にさえ連絡を取っていない自分は、以前の自分と同じだと言えるだろうか。

足元が震え、壁に肩を預ける。

「陽介。おまえは頭がいい。それは、ここでだけじゃないだろう」

「出てけって言ってんの？」

「バカか。いてくれって言ってんだ。オレの仕事はおまえに譲りたい」

「だから、サトさんは……」

「おまえのものでもないだろ」

あきれたようなため息が続く。

「わかってるだろう。おまえはバカじゃない。そうだろう？　うちの大将が、嫁取りできるかどうかの瀬戸際だ。おまえには泣いてもらうしかない」

「頭おかしいんじゃねぇの！　サトさん、男だぞ！」

「その男を追い回してんのは、てめぇだろうが！」

「うっせぇ！」

「陽介！　てめぇもヒコに惚《ほ》れて白鶴組の敷居をまたいだはずだ。こればっかりは腰かけじゃ済まねぇぞ」

「だからって……っ！」

「陽介！」

呼び止められた陽介が飛び出してきて、北原が続く。ふたりの視線が、壁に貼《は》りついたサトに気づいた。

「ごめん、なさい……」

「聞こえるところで話してたんだ。気にしなくていい」

北原がため息をついた。

「サトさん！　オレ……ッ」

「陽介、黙れ」

たしなめられても怯《ひる》まない陽介は、顔を紅潮させた。

「サトさん、オレはあんたが好きだ。ヒコさんのものだからじゃない！」

最後の言葉を北原に叫び、陽介は玄関を飛び出していく。

「……多感な年頃なんだ」

北原のため息は長く尾を引いた。騒ぎを聞きつけ、居間から顔を出した宮本に向かって、「なんでもない」と声を張りあげる。

「ぜんぶ、聞いたんだろ」

「……途中からだと思う」

「そうか。ちょっと、いいか」

場所を変えようと言われ、ホールを通って、広縁に回る。北原や武彦の部屋の縁側だ。部屋から取ってきた座布団を敷き、北原は断りを入れてからタバコに火をつけた。

「あんた、記憶はまだ全然か」

網戸を開けて足をおろしたサトはなにも答えなかった。自分がどうしたいのか、記憶が戻ったいまでも答えはひとつだ。

なにもないところから始まって、真っ白な気持ちのままで武彦に惚れた。それは、記憶を失って武彦のことしか覚えていなかったこととは別の想いだ。

でも、どこか奥の方では繋《つな》がっている。

お礼を言いたくて、恩返しをしたくて、なによりも幸せになっていて欲しいと願っていた。そうしたら、自分も誰かを好きになれるような気がしたのだ。

「……サトさん。オレはあんたに謝らないといけないことがある。本当なら、昨日のうちに話すべきだった。でも、まっさんは知らねぇんだ」

静かに振り向くと、北原はまぶしそうに目を細めた。そのまま視線をそらす。

「あんたの持ってた荷物、あれな、見つけたんだ」

「……いつ」

「事故の翌日だ。側溝の中を流されてたんだ。携帯電話は壊れてたけど、財布に学生証が入ってた」

「それで……」

「あんた、どっちがいいんだ。前の暮らしと、いまと」

「いま……」

答えた瞬間から涙がこぼれる。

「思い出したんだな」

責められるべき立場が一瞬で入れ替わる。でも、北原はホッとしたように肩を落としただけだった。

「……いつ？」

「さっき……本当に」

「疑ったりしない。あんたの性分は知ってる。過去のことも……。おふくろさんには連絡を入れてある」

　言われて、いっそう涙が溢れた。立ち上がった北原がティッシュケースを取って戻る。

「バイト先にも話が行ってるはずだ。クビだろうけどな。もしも、本当は忘れてなかったとしても、そうだとしたら、かなりの演技力だけどな、それでもオレはいい。まっさんも博も。陽介も健二もだ」

「……ヒコさんは」

「一番、安心するだろう。記憶が戻ったと話すか」

　北原は真剣な顔で言った。サトがうなずけば、それを許すつもりでいるのだろう。

「戻ったって言ったら、ヒコさんは俺を帰すだろうね」

「……あいつと、寝るか」

「本気ですか」

「まぁ、ここにいる限り、あいつにはストッパーがかかる。昨日はよっぽど浮かれたんだろう。自分がどう思われてるか、わかるか？」

「嫌われてはない……」

「好かれてるよ」

　北原はあっさりと言い、片膝を抱き寄せた。タバコの煙を吐き出す。

「あいつには、一番大事な思い出がある。それがあいつをひとつの地獄から救って、次の地獄へ落とした。それでもな、行きついたのが白鶴組だから、いいんだと……。ひとつめの地獄は母親からの虐待だ。ふたつめは少年院を出てからの転落。不良グループで、タチの悪いヤクザに使われて、死にかけたところをうちの組長が拾ってやった。大変だったよ、これまでも。……荒れて、問題ばっかり起こして」

言いながら笑う北原の脳裏には、どうしようもなかった頃《こ こ》の武彦がいるのだろう。

サトを救った、その後の武彦だ。

「勉さん。おれは、全部思い出したけど、やっぱり、ヒコさんが好きです。それは……あのときのお礼がしたいなんて薄っぺらいものじゃ、もうなくて……。でも、ヒコさんは受け入れてくれないと思う」

記憶がなければ過去を気にして、記憶を取り戻したら、きっと今度は未来を気にする。

ふたりの間には線が引かれているのだ。

男同士だということ。育ちが違うということ。生き方が違うということ。そして、それを決めるのは武彦だということ。

こらえても、涙がこみあげる。武彦をどうやって捕まえればいいのか、サトにはわからない。

「おれがどこにも行けないような、そんな人間になったら……、そうしたら」

「バカだな」

北原の手のひらが、前髪を掴んでくる。乱暴に揺すられた。

「あいつを本気で好きになってくれる子は、あんただけだ」

「……いままでだって、いたでしょう。さっきだって」

ティッシュで鼻をかむ。

「あー、あれか。そりゃ、ヒコはいい男だ。でも、七つもコブがついている。組長とじじぃを含めてな。その上に、陸だ。……武彦の性格からいって、陸がいる以上は自分の子どもなんて作らない。まぁ、子どもだけなら引き取るだろうけど」

北原はふっとニヒルに笑った。

「どんな女なら、この家で二升の五目ずしを作ってくれるだろうな」

「……いると、思います」

「その上、陸が懐いて、陽介に迫られても、ぐらぐらしない子だ」

かなりハードルが高い。武彦を好きなだけで入ってきたなら、どこかで必ず揉めそうだ。

おそらく、いままでもそうだったのだろう。

「嫁に、来るか」

「……勉さんの、ですか」

「やめろ。みんなに殺される」

北原は手を振って笑い飛ばした。

「あと二十年若ければ考えないでもなかったな。でも、あんただって選ぶ権利はあるだろう。あと一ヶ月でヒコを落としてくれ」

それが限界だと北原は肩をすくめた。

「長引けば、ヒコは距離を置こうとするはずだ。惚れれば惚れるほど」

「惚れるって、確定ですか」

「あんたは自分で思う以上にエロい」

だから、小学五年生にして男を惑わせたのだ。なにも相手の性癖ばかりが理由じゃないだろう。

「だから、すぐには寝るなよ」

「……さっきと言ってることが違います」

「仕方ねぇだろ。……絶対にさせてやるから。心配するな」

「し、してません」

「あんたが嫌になるか。ヒコが逃げるのをあきらめるか。そのどっちかだ。あんたの母親は、うちのじじぃと病院で会ってる。田中ってじぃさんを知ってるか？　あんたともあの日に会ったって話だ。まぁ、覚えてなくてもいいし、いっそ忘れてかまわないぐらいだけど」

「嫌いなんですか？」

「好きだよ。目の上のたんこぶだ。まぁ、そのじじぃのおかげで、あんたが急遽《きゅうきょ》うちで家政婦のバイトをするって話も信用してもらえた。母親の方は安心してくれてる。一度、連絡を入れておいてくれ。でも、あと一ヶ月が言い訳の限度だろう」

「落とすっていうのは……どうしたら」

「一緒に生活してるだけでいい」

「勉さん！　真剣に！」

「真剣だよ。これ以上なく、真剣だ」

北原は真顔でタバコを揉み消す。

「……なるべく優しくしてやってくれ。昨日のが効いてるから、一ヶ月もかからないかもな」

「悪い顔してる……。もしかして、昨日、ヒコさんからなにか聞いたんじゃ……」

ヒコを着替えさせたのは北原たちだ。サトの言葉に、にやにや笑って立ち上がる。答えるつもりはないのだろう。悪い大人だ。

「まっさん！　博！　コーヒー、飲みに行かねぇか！」

居間へ向かって声を張りあげた。

「勉さん……」

「あんたも一緒にな」

「ふたりで、なにの相談してたの？」

居間の縁側から杉村が顔を出す。

「サトさんが本気出すって」

「え。ちょっと……」

「あー。そうなの？　遊んでても楽勝だと思うけど」

杉村が笑う。不思議そうに眉をひそめた宮本も顔を出した。

そして、北原は、こそっとサトへ耳打ちした。

「キスはしていい……。でも、これはな。止まれないから」

色黒な顔をニヤニヤさせて、杉村と宮本には見えないように手筒を振った。

「勉さん！　バカ！」

倍以上も歳《とし》の違う男の肩を両手で突き飛ばす。それでも止まらない手を摑んで叩きまくる。からかわれるのは心底、恥ずかしい。

「い、いいな……」

宮本がぼそっと言い、杉村がニヤニヤ笑う。

「ヒコさんが見たら怒るよ～」

「オレだって怒るわ！」

どこを駆け回ってきたのか。ぜぃぜぃと肩で息を繰り返す陽介が、庭に立ち尽くして喚《わめ》

いた。

＊＊＊

「だからさー、スーパーとか、お迎えとかじゃなくてさー、デートしようって言ってんの」

この五日間、バイトのないときは決まって行動を共にするようになった陽介が繰り返す。無理やり引っ張り出したり、車に押し込んだりしないのは、彼の性格だ。スマートな気遣いと空気を読む優しさは、杉村と通じるものがある。

「そんな時間ないよ。朝ご飯作って片付けて、洗濯して、昼ご飯作って片付けて、掃除して、陸のお迎えして、夕ご飯の買い出しして、作って、片付けて……」

「健二にさせればいい。元は俺とあいつで分担してたようなものだし。ね？　映画とか、ドライブとか、カフェでお茶とか」

「女の子と行った方が楽しいよ」

サトの答えにくちびるを尖《とが》らせる。ゆるいジーンズの後ろポケットに両手を突っ込んだ。拗《す》ねた不良少年のしぐさがよく似合う男だ。表情にふっと差し込む寂しさは、女ならかまわずにはいられないだろう。

サトだって同じだ。心に誰も住んでいなければ、陽介に傾いたと思う。

「それを言うのは反則なんだよ、サトさん」

「ごめん」

「謝るのも」

横恋慕を承知でアタックしてくる陽介は、視界に入ってきた幼稚園に向かってため息をつく。あっという間の時間を惜しむようにサトを見つめてくる。そのあご先を、そっと押し返した。

「見るぐらい、よくない？」

「誤解されるよ」

「誰に？　ヒコさんがいなきゃ、俺は自由だ」

ふふんと鼻で笑い、手を繋ごうとする。それを振り払い、歩く速度をあげた。追いかけてきた陽介がまた手を伸ばしてくる。

振り払う、握られる、振り払う。

その繰り返しでふざけ合って歩いているうちに幼稚園までたどりつき、お迎えにやってきた園児の母親たちから笑われる。

「こんにちは～」

笑顔で応《こた》える陽介は、園庭に入った瞬間を見計らった。ぐっと手を握られ、振り払うタイミングを逃してしまう。戦利品だと言わんばかりに手を掲げた陽介が、子どもっぽいぐらいに満足げな顔をする。

顔見知りの母親たちが、ほっこりした表情でやんちゃなイケメンに手を振った。あっけらかんとした陽介は、サトの手ごと振り返す。おかげでふざけ合っているだけだと思われたが、なかなか手を離さない陽介は本気だ。

「陽介くん。またお迎えに復活なんだね」

「そーなんです。この人だけだと心配だから」

「お迎えぐらい……」

ひとりで来られると答える代わりに、手を振りほどいた。

「そういえば、変な男の目撃情報あったじゃないッスか。あれ、どうなりました?」

陽介の言葉に、若い母親が大きくうなずいた。

「あれね〜、続いてるみたいだよ」

「そうそう。それで……」

相づちを打った別の母親が、もうひとりの母親に肘《ひじ》でつつかれて口ごもる。

「それねー、園長先生からはちょっと聞いてる」

陽介は目元をしかめた。わざらしく思えるほど気障《きざ》なしぐさだったが、母親たちは目を奪われる。

「白鶴組の関係者じゃないかって、噂《うわさ》が流れてるんでしょ？」

「あ、うん……」

知っているなら話してもいい、という雰囲気にはならなかった。母親たちは目配せをかわし合い、ごまかすような笑みを浮かべる。おそらく、噂を流している集団が近くにいるのだろう。

そんなことをされる原因の大元は、他でもない陽介のような気がした。

そつなく人間関係を作っているが、園児の肉親ではない陽介の存在は異質だ。しかも、若くて格好がよくて、誰にでも気さくに笑いかける。ある意味で罪作りだが、もちろん本人は、そこも理解している。

「うちはね～、ヤクザじゃないんだよ～。お祭りの出店とかまとめてるだけでさ～」

いかにも困ったと言いたげな声は、わざとらしさの一歩手前の絶妙さだ。

「りっくんを迎えに行ってくるね」

サトが言うと、陽介はすぐに振り向いた。

「一緒に行く」

歩き出したサトを追いかけてきて、

「なんでもかんでも俺らのせいにすんなっつーの」

小声で悪態をつく。

「派手なこと、しちゃダメだよ」

声をひそめて釘《くぎ》を刺したのは、噂を広めているだろう中年ママたちぐらいなら、若さの色仕掛けで黙らせてしまいそうだからだ。園の風紀が乱れたと怒る藤井の姿が目に浮かぶ。

「サトさんが言うならね～」

軽口を叩いた陽介は、教室から顔を出している陸を見つけて手を振った。


ひまわり幼稚園で聞いた話を、陽介はさっそく夕食前の武彦へ話した。藤井から聞いているとしても、現場には現場の雰囲気がある。

「おまえが愛想振り撒《ま》きすぎてんだろ」

笑ってからかう武彦の言葉に、陽介はさほど不満げでもなくニヤリと笑った。

「まだ、ひとりも食ってませんよ」

「……サト。どう思う？」

夕食を運ぶサトが居間からハケたと思っていたのだろう。油断していた陽介が、小さく飛び上がった。今度は不満だらけの目で武彦を睨む。

サトは笑いながらその場に膝をついた。

「どっち？　陽ちゃんの火遊び？　変質者のこと？」

「うしろ。後ろに決まってんじゃん！」

陽介がムッとしたようにサトを見る。

「どっちでもいいけど」

と武彦が言い、

「話をおかしくするなよ。オレがしたいのは、サトさんとの火遊び……」

言った瞬間から、武彦に頬を張られる。とっさに手が出た武彦は、シラッとした顔で自分の手のひらを眺めた。

「短気って出てるな」

手相を見るふりで言う。

「どれですか？」

にじり寄ったサトも横から覗き込む。太く刻まれた生命線を指でなぞる。

「それじゃねぇだろ」

武彦はくすぐったそうに笑い、頬を押さえた陽介はふるふると震えながら眉をひそめた。言いたいことは山のようにあるのだろうが、短気の相が出ている武彦を怒らせまいと黙っている。

「今日のメシは？」

手を差し出したままの武彦に問われ、

「えっと」

読めもしない手相を眺めていたサトは言葉に迷う。実は手相なんてそっちのけで、男らしい武彦の手のひらに見惚れていた。

「魚だよぅ！」

陸が居間へ飛び込んでくる。

「サバだぞぅ！」

追いかけてきたのは健二だ。新聞を細長くしてガムテープを巻いた刀もどきを使い、ふたりはチャンバラの真っ最中だ。田中が入院する前からしていた遊びで、陸が意固地にだんまりを決め込んでからはしばらくお休みになっていたらしい。

それが復活したのは、武彦の誕生日の数日前だ。夕食の前後には家中を走り回る。

自分が標的にならなければ平気な武彦は、居間と廊下と仏間が追いかけっこの周回コースになろうとも怒らなかった。

ただし、巻き込まれてスイッチが入ったら、誰よりも本気で陸や健二を追い回す。最終標的は健二か陽介だ。新聞刀でめった打ちにされたふたりは足蹴《あしげ》にされ、武彦と陸はこれでもかと勝どきをあげる。

乱暴かつ騒がしいが、幸せな風景だ。そういうときの武彦は目をギラギラさせた子どもに戻る。サトはそんな武彦が嫌いじゃない。むしろ好きだ。

「うるせぇよ！　電話かけるから、あっちでやってろ！」

藤井に電話をかけようとしている武彦に一喝され、陽介を叩きまくっていたふたりが走り去る。その後を、怒った陽介が追っていく。

魚の焼き加減を見ていた杉村に呼ばれ、サトも台所へ戻った。


翌日、武彦に誘われたサトは、授業中のひまわり幼稚園へ同伴した。

夏の日差しがまぶしい正門前に車を停めると、喧々囂々《けんけんごうごう》とした女性たちの声が聞こえ、車を降りた武彦はガラの悪い舌打ちをした。

ノーネクタイで行くつもりだった首に、ダッシュボードから取り出したネクタイを結ぶ。手早く的確だったが、ジャケットを羽織っている隙《すき》を見てサトは手を伸ばした。そっと歪《ゆが》みを直して滑らせた指先が摑まれる。

迷惑だっただろうかと不安になったサトに対し、無意識だったらしい武彦は眉をひそめた。

「剃《そ》り残し、一本」

あご裏にちくっと突き出た一本を見つけ、サトは笑った。指で撫でる。

「誰も気づかないだろ」

見つけるのはサトぐらいだと言わんばかりに武彦も笑う。苛立《いらだ》ちが収まった顔でドアロックをかけた。

受付も兼ねた出入り口の前で、数人の母親たちから取り囲まれているのは藤井だ。頭ひとつ飛び出して、うんざりした表情を、そつのない笑顔に押し隠していた。

「ご愁傷さま」

ささやく武彦のひそやかな笑みは、悪びれていて、どこか艶《つや》めいて見える。見惚れたサトには気づかず、門の中に入った武彦は足を止めた。女の声が耳へ飛び込んでくる。

「ヤクザの子どもなんて、入れたからでしょう！」

「なにかあってからじゃ、遅いんですよ！　うちの子がさらわれでもしたら、どうするんですか」

「この前なんて、鬼みたいな顔の人が迎えに来て！　夢に見て泣いたんですよ！」

「顔は生まれながらのものですし……」

藤井が両手を挙げ、なんとか母親たちを黙らせようとする。

「絶対、あの人よ！　悪そうな顔してるもの！」

ひとりが叫ぶと、つられた周囲が一気に賛同の声をあげる。集団ヒステリー寸前のありさまだ。

取り囲まれた藤井の頬がひくひくと引きつり始め、武彦の顔からも、昔馴染《むかしなじ》みの災難を喜ぶからかいの笑みが消えた。くるっと背を向け、わざと門を閉め直す。

ガシャンと音が鳴り、かしましい声がぴたりと止《や》む。

「陸くんの……、わざわざ、ご足労を」

藤井が園長先生の口調で言うと、母親たちの厳しい目が武彦へ向けられる。だが、武彦がたじろぐことはなかった。不機嫌な表情のまま歩き出す背中を、サトも慌てて追う。

「かまいませんよ。うちの家族が話題になってたようですが」

すっと背筋を伸ばした武彦に見渡され、母親たちが身を引いた。武彦の三白眼は、見下ろしても威圧的だ。表情が消えて、冷酷に見える。

「ヤ、ヤクザは、困りますッ」

唾《つば》を飛ばしそうな勢いの母親に向かい、藤井が冷静に言う。

「白鶴組さんは暴力団ではありませんよ。れっきとした街商協会の……」

「そんなの、聞いたことないわ！」

「それは奥さんが世間知らずなだけで」

武彦がにっこりと微笑《ほほえ》む。それは友好的であろうとすればするほど不敵に見える笑みだ。

同時に悪びれた魅力があり、母親たちの三分の一は目を奪われた。

しかし、残りの三分の二が嫌悪感をあらわにして身を乗り出す。

「だいたい、誰があの子の親なんですか！　得体が知れなくて、みんな怖がってるんですよ！」

「みんなって……ひぃ、ふう、みぃ……、八人ですか。なにか暴力団絡みで嫌な思いでも？　お困りなら、紹介しますよ」

「誰がヤクザなんて！」

「言ってないでしょう、そんなこと。組対の刑事か、弁護士か。……僕らに警察や弁護士の知り合いがいたら意外ですか？　陸の父親は僕です。母親はいません。迎えは家族でやってますが、なにか」

「な、なにって……」

母親のひとりがパニック寸前の表情で口をパクパクさせる。いつ止めようかと眺めている藤井は、それほど真剣ではなさそうだった。そもそも武彦には絶対の信頼を寄せている。

「だいたい、人の顔に文句つけるなら、まともな化粧ぐらいしたらどうなんですか。元の悪さは個性ですけど」

「ヒコさん……ッ」

これ以上は大ゲンカの火種だ。サトが間に飛び込むと、母親たちを追い込もうとしていた武彦のスイッチが切り替わった。

組員にいわれのない嫌疑をかけられ、家長としてはかばわずにいられないのだ。相手が園児の母親たちであることを思い出した武彦は、不満げにため息をついた。

「失礼しました。……とにかく、言いがかりはやめてください。どんなに悪そうな顔をしていても、心はあるんですよ。昼ドラ見てブクブク太るだけの……」

「ヒコさんっ！」

「その変質者、僕らで捕まえますよ」

まだまだ言い足りない顔をしながら、武彦は藤井を振り向いた。

「うちの家族であたりを巡回します。警察にも話をしておいてください」

「そ、そちらの人だったらどうするんですかっ！」

「ないって言ってんだろ！」

業を煮やした武彦が怒鳴り返す。

「あんたらもそんなに心配なら、父親連れて見守りに立てよ」

「し、仕事が……」

「仕事と子どもと、どっちが大切なんだ。……とにかく、うちのやつらじゃない」

「それじゃあ、しばらくは陸くんのご家族にお願いすることにしましょう」

白い歯を見せて笑った藤井があっさりとまとめる。爽《さわ》やかさの中に有無を言わせぬ雰囲気を漂わせ、

「もちろん警察にも巡回を頼みます。騒ぎが収まればそれでいいでしょう」

母親たちを見渡した。

「それは……まぁ……」

煮え切らない返事をしながら、それぞれが顔を見合わせる。

白鶴組を犯人にしたがっているとは、思われたくないのだろう。誰かがはっきり決めるということもなく、雰囲気で意見が固まっていく。

後はもう藤井の独壇場だった。にこやかなふりで強引に話をまとめ、穏やかさを崩さずに母親たちを追い返す。

門を静かに閉め、くるりと振り向いた。顔には営業スマイルが貼りつき、頬がひくひくと引きつる。

「悪かったな」

武彦から声をかけられ、スーツ姿の肩をすくめた。

「ヒヤヒヤした。俺の思ってることをビシビシ言うから」

「来年から、母親の顔で選べば？」

「そんなご時世じゃないでしょー。で、頼める？」

元からそういう話になっていたのだろう。武彦は気安いしぐさでうなずいた。

「北原は仕事の都合があるから無理だけど、後はローテーションを組む」

「宮本さんはぜひとも」

藤井が言った。顔がこわいから犯罪者に違いないと言われていた張本人だが、腕っぷしの強さには定評がある。

「あんな顔して虫も殺せない人なのに」

武彦が肩をすくめ、

「それは嘘《うそ》だろ」

藤井が笑い飛ばす。心優しいのは本当だ。家に出没する虫を始末しても、きちんと両手を合わせている。

「で、わざわざサトさんも連れてきたのか。……貴重な『ふたり時間』？」

にやっと笑われ、武彦はネクタイをゆるめる。

「そんなんじゃない」

「じゃあ、なに？　主婦は忙しいのに」

「さっきのババァたちだって主婦だろ。暇そうじゃねぇか」

「やめてくださいねー。素敵なお母さまたちですよー」

スーツのポケットから取り出したスマホを、藤井はなにも言わずに片手で操作する。武彦のスマホが震えた。

「目の前にいるのに飛ばしてくんなよ。なに、これ」

メッセージが入ったのだろう。武彦がサトにも画面を見せてくる。コーヒーショップの仮想通貨チケットだ。支払いは藤井が贈った時点で済んでいて、上限額までなら好きなものを注文できる。

「俺を助けてくれたお駄賃。ちょっと遠回りになるけど、時間がないならテイクアウトでもしてくれ」

そう言うと、藤井はさっさと背中を向けた。職員室の中へ入っていく。

「時間、ある……？」

眉根をひそめた武彦が、オシャレな画像をじっと見る。

「まっさんに、お昼をひとりで食べてくれるように、お願いしてくれたら」

今日は若手ふたりもバイトでいない。

「わかった」

武彦はあっさりと請け負い、杉村の携帯へメッセージを飛ばす。その真剣な横顔を、サトはひっそりと見つめた。


白鶴組が交代で巡回すると聞いた陸は、サトと武彦が意外に思うほど喜んだ。もちろん不審者に怯《おび》えていたわけじゃない。

武彦たちが自分の生活範囲に関《かか》わってくれることを、ただ素直に喜んでいるのだ。

「サトさん、一緒にお風呂入ろっ！」

夕食の片付けがあらかた済んだところを見計らった陸が台所へやってくる。

「いいよ。用意はできてる？」

シンクを拭きあげて振り向くと、小さな腕がパジャマをしっかりと抱きしめていた。準備は万全だ。

「じゃあ、着替えを取ってくるから、おトイレ済ませてから服を脱いでてね」

武彦と杉村、それに陽介と健二は、居間の縁側でタバコを吸っている。

陸はひとりでトイレへ行き、脱衣所で合流したサトに、脱いだ服を見せてきた。

「おせんたくで、いい？」

「うん、いいよ」

サトの返事を聞き、脱いだ服を洗濯カゴへ入れる。

「あれ？　いないと思ったら」

ひょいと覗き込んできたのは陽介だ。

「今日はおれが一緒に入るよ。りっくん、かかり湯してね」

着替えを脱衣カゴに置いて、先に浴室へ入っていた陸に声をかける。陽介はするっと脱衣所の中へ入ってきた。

「オレも入ろう。いいじゃん、ね。男同士だし」

後ろ手に引き戸を閉める。

「え……」

健二と陽介が一緒になって陸を風呂へ入れることもある。浴室が広いから、交互に髪を洗えば時間の短縮にもなる。

「もしかして、恥ずかしいの？　ふたりきりじゃないんだし、じろじろ見たりしないって」

軽快に笑われて、サトはうっかり信じた。

「……陽ちゃん、入るの？」

サトを急がせようと顔を出した陸が、じっとりとした疑いの目を向ける。

「みんなで入ったら楽しいだろ？」

陽介はさっさとTシャツを脱ぐ。ほどほどに鍛えられたからだは引き締まっている。陸がすうっと息を吸い込んだ。

「ひぃこぉーさぁ～ん！」

間髪入れずに叫んだ。なにごとかと駆けつける足音がして、引き戸が勢いよく開かれる。

「リク坊！　てめぇ！」

怒鳴った陽介が、飛び込んできた武彦に殴られた。

「サトと入るって聞いてただろ！」

武彦はまだ拳を握っている。返事次第ではもう一発振るうつもりだ。

「だってさ、大変かと思って」

「ふざけるな。来い」

「いたい、いたいっ」

髪を掴まれた陽介が脱衣所から引っ張り出される。サトは唖然《あぜん》として見送った。そこへ、今度は健二が現れる。

「ばっかだなー、陽ちゃん」

へらへら笑いながらジーンズのボタンをはずす。陸が叫ぶまでもなかった。

武彦に背中を蹴られ、つんのめったところを襟首掴まれて引きずり出される。引き戸がガラリと閉じた。

「早く早く、サトさん、早く」

陸が焦った声を出し、急《せ》かされるままに慌てて服を脱ぐ。

「大人気だね〜」

湯船に掴まった陸はあどけなく首を動かした。出会った頃とは見違えるほど表情豊かだ。その上、武彦の有能な右腕としての成長が著しい。

「ヒコさんからご贔屓《ひいき》にしてもらえたら、おれはそれだけでいいんだけどね」

陸の隣に並んで湯船に浸《つ》かる。

武彦への気持ちは隠さない。北原からもそうしろと勧められていた。男所帯だからこそ、思い合うことを大事にしたいと言われたが、子どもに対する影響の良し悪しは不明だ。

「ごひいき、ってなに？」

「うん？　特別に思ってもらうこと、かな」

「ぼくのねぇ、ごひいきはねぇ、そうたくん！」

「仲良しなの？　初めて聞くね」

幼稚園での話もするようになってきて、友だちの名前も何人か聞くようになったが、仲良しなのかと尋ねると必ず、そうじゃないと否定されてきた。

「たたかう仲間なんだよ。朝ね、一緒に武器をつくるの。機関銃とかね、大砲とかね。いりょくの大きいやつ」

「……すごいね」

そういうものを作るのはどうかと思ったが、黙っておく。子どもの遊びだ。たとえ、陸の元ネタが北原や宮本が好む戦争映画で、他の子どもは戦隊ヒーローをイメージしているのだとしても、そのあたりの違いはささいなことだろう。

温かい湯が、興奮した陸のジェスチャーに乱されて揺れる。

サトは湯の動きに身を任せながら、母親のことを想った。連絡をしたのは一度だけだ。

お互いに忙しかったのだと思い込んでいる母の声は、なによりも彼女自身の忙しさを感じさせた。誰かが一緒なら安心だと言われ、ここにいることが、ひとり暮らしをするよりも母を安心させるのだと知った。面倒を見てもらっているつもりでいるのだろう。

「大砲はねぇ、大きいのがね、ばーんって飛んでくの。機関銃はね、小さいのがね、ばばばばって出るんだよ」

浴槽のふちに機関銃がついている気になった陸が、ハンドルをぐるぐる回すしぐさをした。それはかなり古い機関銃のような気がする。

「ぼくはね、機関銃の方が好き！　ヒコさんが一緒に入ればよかったのにね！」

いきなり会話の内容が変わり、サトは答えに困った。陸の言葉は機関銃のようでいて、大砲の威力もある。

「そうだね」

答えながらはにかんでしまう自分が恥ずかしかった。

幼稚園の帰りにコーヒーを飲みに行ったのは、ふたりだけの秘密だ。外野がうるさいからと武彦は言った。

デートしたことをからかわれたくないだけの言い訳に聞こえて、そんなふうに歪曲《わいきょく》したがる自分の気持ちをまた再確認させられた。

北原は『落とせ』と言ったが、そんなことはできそうにない。

結局、嘘をついているからだ。

記憶が戻ったことを隠して、誰かの心に入り込もうとするなんて、成功したって卑怯《ひきょう》な手口には違いない。

だから、サトはもうセックスをあきらめた。即物的で取り返しのつかない行為はしない。その代わりに、決められた期限の間だけ相手を想う。

これは、単なる猶予期間に過ぎない。武彦に助けられたあの日からずっと感じていた後悔と憧《あこが》れを慰めるためだけの時間だ。

なにかが変わるなんて期待はしないと決めた。

関係を持てば、武彦の人生に傷がつく。粗野なふるまいの裏に隠された優しい心には、あざのひとつも残せない。

もう二度と、武彦の人生を台無しにはできないから。

楽しげに話している陸に相づちを打ちながら、サトは泣きたいような気分になった。風呂の湯で顔を洗い、涙を隠す。

はっきり言えなかった北原も優しいのだ。サトの過去を知り、武彦に対する恩義の気持ちも理解して、あと一ヶ月ならここにいてもいいと決めてくれた。『落とせ』と言いつつ『セックスをするな』と言ったのは、武彦に対する兄のような愛情ゆえだろう。彼の本心は、武彦と陸がうまく結びつくことであり、そして、陸が懐きすぎないうちにサトが身を引くことだ。

白鶴組に集まった男たちはみんなそれぞれ優しくて、だからうまく生きられず、傷つくのがこわいとは言えないで武彦を頼っている。彼らが武彦を守るのは、自分たちの存在価値を認める心の広さを武彦に求めるからだ。

あの日、子どもだったサトの自尊心が守られたように、武彦はいまもみんなの尊厳を守っている。そういう武彦を好きになれてよかったと心から思う。

そして、思うからこそ、つらい。

心に吹き溜《だ》まる恋の鬱屈《うっくつ》を隠して、陸の髪とからだを洗った。先に外へ出そうとしたが、サトの髪とからだを洗うと言い張られて、断り切れずに手伝ってもらった。大人の手助けができるとアピールしたくてたまらないのだろう。桶《おけ》で風呂の湯をすくい、ふらふらしながらサトのからだにかける。

褒めて欲しいと言わないところがいじらしくて、思わず抱きしめたくなってしまう。白鶴組の一員になろうとして、幼いながらに懸命なのだ。

長風呂を終えると、陸はパックジュースを片手に台所から縁側へ走り去る。サトは作り置きの番茶をグラスへ注いだ。

そこへ武彦が入ってくる。冷蔵庫へ直行して、ビールを取り出した。

「ヒコさん。りっくんに仲良しの友だちができたみたい。そうたくんだって」

テーブルから声をかけると、武彦はけげんそうな顔で振り向いた。

「仲良し？　あいつが言ったのか」

「そう、自分で。初めてじゃないですか？」

「俺は初めて聞く。どんな子だろうな」

「明日、先生に聞いてみます」

シンクにもたれた武彦がビールのプルトップを開け、番茶を飲み切ったサトはグラスを手に立ち上がる。

「少し飲めば？」

「じゃあ、少し……」

グラスを水で流して差し出す。ビールが半分だけ注がれる。

目配せで乾杯して口をつけると、宮本が入ってきた。風呂に入っている間に帰宅したのだ。

「ア、アイス……」

冷蔵庫を指差す。

「りっくんに？　みんなの分もあるよ。パックで買ったから」

サトが冷蔵庫を開けると、宮本は人数分、アイスを取った。

「博さん。自分の分、数に入れた？」

引き止めて数えると、やっぱり忘れている。

「お仕事、おつかれさまでした」

もう一本出して渡すと、宮本はきりりとした表情で頭をさげた。ちらりと武彦を見る。

「言いたいことあるなら言えば？」

武彦が尊大にあごをそらす。宮本はにっと笑い、武彦とサトを交互に指差した。

「ふっ、夫婦だな……」

「やっぱり黙ってて」

ぎりっと睨まれ、笑いながら去っていく。武彦は眉をひそめたまま、ビールをあおった。

「なにが夫婦だ。ふざけんな。男同士だぞ。……なにを笑ってんだよ」

「博さん、いっつも人のことばっかり考えてるね」

「あのどもりも愛嬌《あいきょう》だろ」

そう言ってしまえる武彦はやっぱり心が広い。いつも言葉少ない宮本だが、武彦や杉村、同室の北原とは、つっかえながらもよく話している。

陽介と健二は心得ていて、最低限の言葉で察して動く。外へ出れば、鋭い視線ひとつで動く舎弟のようにふるまうぐらいだ。ふたりはそれを楽しんでいて、家では自分たちが話すことでいかに宮本を笑わせられるかを競っている。

「まっさんは自分と逆だったらよかったとか言うけどさ。逆だったら、全然、かわいげがないだろ」

サトが笑うと、武彦は笑われた意味がわからないと言いたげな不満顔になった。

「だって、ヒコさん。お父さんみたいなこと言って……」

相手は武彦よりも一回り以上、年上だ。

「知らねぇよ……。父親がどんなのか。……おまえの親は、心配してるだろうな」

ぼそりと言ったが、記憶については聞いてこなかった。

北原がすでに話してくれていたらと思うのは、このまま許されたいだけの弱音だ。都合がよすぎる話でもある。

「ヒコさん……」

伸ばした手で、武彦の半袖シャツの裾《すそ》を摑んだ。

「おまえさ。思い出したら、俺のことを忘れるのかな」

うつむいていた武彦が、ちらりと視線を向けてくる。

「忘れない……、と思う」

サトがわずかに身を寄せると、

「忘れたら、いいのに」

武彦が身を屈《かが》めた。サトの視界に影が差す。くちびるを合わせたくなる雰囲気の中で、ひとりでに冷蔵庫の扉が開く。

なんてことが、あるわけはない。

しゃがんで冷蔵庫を開けていた杉村が、野菜室に入れた缶チューハイを取り出すところだった。本人の名前が書いてある。

「僕のことは気にせず……どうぞ」

「はぁ？　なにも、してません、けどっ？」

ムキになった武彦が、苛立ちまぎれに威嚇《いかく》する。

「じゃあ、怒るなよ。サトさん、ごめんね～」

ハハッと笑った杉村は陽気に去っていく。

「謝るぐらいなら入ってくんな。なぁ？」

同意を求めて振り向いた武彦が固まった。頬にキスしたサトは、そのまま武彦の肩に顔を伏せる。

「動く、から……」

くちびるを狙《ねら》ったのに、ズレてしまった。

「お、まえ、さー……」

そう言って、武彦は黙り込む。抱き寄せてくれるかと思ったが、武彦の指は宙を掻《か》くだけだ。

サトにもたれかかられた武彦は、ズズズッと音を立てながらビールを飲んだ。

＊＊＊

藤井が保護者たちから情報を集めた結果、不審者は授業中から降園時にかけて目撃されていることがわかった。

見守りパトロールの概要は、授業中の幼稚園周辺を巡回することと、降園時に出没が確認されている地点を見守ることに決められた。

当番を受け持つ組員は、幼稚園から渡された『パトロール中』の名札を付けることが必《ひっ》須《す》の条件だ。

一番の懸念事項は宮本の容姿だったが、武彦はノーネクタイのスーツに革靴を指定して、最初は陽介と一緒に立たせた。

気さくな陽介が誰彼かまわず挨拶《あいさつ》をすると、宮本はすぐに陽介の知人だと認識され、三日目からは宮本ひとりで立っていても子どもたちから声がかかった。それにつられて、母親たちも会釈をするらしい。

「作戦勝ちだろ」

と武彦は満足げに笑った。立っているだけで威厳のある宮本は、人から顔も覚えられやすい。身なりを整え、所属をはっきりさせれば、強面《こわもて》なのも安心感に変わる。

たまに驚いて泣き出す子どもがいるのは仕方がない。

土日を挟んで四日目の今日は、強化デーと称して北原以外の全員を動員し、広範囲で見守りに立った。

預かり保育に行かせた陸を迎えに戻ると、道の向こうから歩いてくるジャケット姿の武彦が見えた。ふたりで行くと陸に約束したのだ。

俺も一緒に行くと言い張っていた陽介は、駆けつけた健二と杉村に阻まれ、引きずられるように帰っていった。

近づく武彦に向かって手を振る。片手をポケットに突っ込んだ武彦も軽く手を挙げた。

幼稚園が行っている『預かり保育』は、希望者の園児を降園後も教室などで預かる子育て支援の一環だ。母親が働いている子どもは夕方まで預けることができて、保育料も安い。

サトが来てからは、初めて利用だ。

預かり保育で使用している教室も園庭に面している。出入り口まで迎えに行くと、担当の先生が陸を呼んだ。

荷物を取りに行った陸の代わりに、一緒になって遊んでいた男の子が駆け寄ってくる。

「ぼくのおかあさんは！」

「颯太《そうた》くんのママはまだね」

と先生が答える。預かり保育の時間だけパートで勤務している中年の女性だ。ふんわりとした笑顔で外を見た。

「あら、お迎えよ」

両肩を叩かれた颯太も振り向く。ぱっと顔を輝かせると、大慌てで荷物を取りに戻った。園庭を横切って近づいてきた若い母親が、サトと武彦に会釈した。挨拶をかわそうとしたところで、子どもたちが同時に飛び出してくる。

「遊びたい！　遊びたい！」

「遊びたい！」

靴を履き替えるのももどかしく、上靴を脱ぎ捨てた陸と颯太が飛び跳ねる。

「少しだけ、いいですか？」

颯太の母親から都合を聞かれ、サトは武彦を振り向く。その視線は、親の答えを待つ間もなく我先にと争って外靴へ履き替えている子どもたちを眺めていた。

「こっちはだいじょうぶですよ」

サトの視線に気づいた武彦が颯太の母親に答える。子どもたちはそれぞれのカバンを並べて置き、園庭の遊具へと走っていく。上靴はすっかり忘れ去られていた。

「こけろ、こけろ」

必死に走る陸を見て、武彦がおかしそうに笑う。サトがさりげなく肘で突いてたしなめる。武彦はスッと逃げた。

「あの～、うちの颯太がお世話になってます。陸くんの……」

「この人が父親です」

サトに指を差され、武彦が会釈を返した。

「最近は陸くんの話ばっかりなんです。仲良くさせてもらって、ありがとうございます」

「こちらこそ」

頭をさげるのはサトだ。

「……他のママから、陸くんのおうちが見守りパトロールをしてくれているって聞いたんですけど」

「そうなんです。でも、心配ないですよ。顔の恐《こわ》い人を見たら、不審者もあきらめるだろうし」

「そうですね……」

うなずいたまま、颯太ママはうつむいた。柔らかそうな長い髪が肩に流れる。耳へとかけ直すしぐさがどこか色っぽく見え、サトはほんの少しだけ目を細めた。

「あの……」

相手がぱっと顔をあげ、サトは驚いてのけぞる。その背中を、武彦が押さえた。

颯太の母親は落ち着きなく視線を揺らしながら言った。

「それ、うちの旦那《だんな》かも……。実は、離婚調停中で。営業職だし、ときどき見に来てるんじゃないかって」

「本当ですか？」

　体勢を戻して聞く。

「不審者の特徴がわかればいいんですけど。でも、目撃された場所って、どこも、うちのそばなんです」

　恥ずかしそうにうつむき、乾いた笑いをこぼす。

「もし、捕まえるようなことがあったら、連絡をもらえませんか」

「園長に話した方がいい」

　武彦がズバッと言った。颯太ママはコクコクとうなずく。

　その目がやけにまっすぐ武彦を見ている気がして、サトの胸の奥が疼《うず》いた。恋する人間の第六感だ。

「じゃあ、颯太くんは見てますから」

　思わず、そう言って促した。颯太ママは謝りながら校舎へ向かう。それを目で追っていた武彦が、

「もうひとりぐらい産めそうだな」

　息を吐くようにつぶやいた。

「旦那もあきらめきれないだろう。あんないい女」

振り向いた武彦が目を細める。不思議そうに首を傾《かし》げた。

「……怒ってんの？」

「べつに」

そう答えたが、見上げた視線をはずせない。

「俺、失礼なことでもした？」

そこで颯太ママへの対応を気にするのも面白くない。ぷいっと顔を背け、サトは遊具の方へ近づいた。

「ねー、陸くんちはパパとママ、仲良しなの〜？」

滑り台へ登りながら、颯太があどけなく陸に向かって聞いている。

「ぼく、パパもママもいない」

「どうして？　死んじゃったの？」

「遠いところで働いてる。でも、じじぃとかおじさんとかいっぱいいるよ。サトさんも」

「サトさんって誰？」

話しながら滑り台を滑り下り、ふたりは遊具の周りをぐるぐる回る。会話は終わったのかと思ったが、サトに気づいた陸が駆け寄って言った。

「サトさんだよ！　かわいいでしょ！」

驚くサトをよそに、颯太が首を傾げる。

「男の人だよ？」

「ぼくの家のアイドルなんだよ」

「へー、モテモテなんだねぇ」

「いいでしょー」

「べつにぃ？」

素直な感想だ。否定された陸も特に気にしていない。

サトを見上げ、

「わからないなんて、子どもだねぇ」

と笑った。そしてまた、パッと離れてしまう。

「サト、帰りにスーパーへ寄るか？」

近づいてきた武彦に尋ねられ、

「陽ちゃんに頼んであるからいい」

答えた声が自分でもそっけなく聞こえる。言い直そうと振り向いたが、用事を済ませた
颯太ママが駆け戻ってきてそのままになった。

「園長先生のお友だちなんですね〜」

と颯太ママが言ったことで武彦との会話が始まったからだ。

サトはふたりから離れた。子どもたちを見守るふりで距離を取る。なに食わぬ顔で混じ

ればいいのに、それができない。

女性と並んでいる武彦を見ると気おくれがして、気分はじんわりと沈んでいった。


家に帰れば、いつもの騒がしさだ。

颯太ママのことは話題にならず、サトはいつものように食事の後片付けをしようと台所に立った。陽介が陸を風呂へ連れていき、杉村と健二は酒を持って縁側へ消える。

風呂場から聞こえる陸と陽介の騒がしさに耳を傾け、サトは黙々と食器を洗った。

確かに颯太ママは現役の女だったと思う。きれいに身繕いしていたし、なによりも物腰がしなやかだった。それは女性特有のもので、サトが身につけても意味がない。

食器洗いを終わらせてシンクを拭きあげる。いつのまにか、武彦が立っていた。ひやりとしたのは、驚いたからじゃない。見透かされたくないことを考えていたせいだ。

「驚かさないで」

嫉妬《しっと》を隠しても、声にトゲが出る。そんな資格はないと思いながらも、自分の気持ちがコントロールできなかった。

「親がさ、片方しかいないと大変だろうな」

出し抜けに言われ、サトは眉をひそめた。

「……颯太くんのこと？」

「あの母親、働いてないって言ってたし。慰謝料なんて取れると思ってんのかな」

「そんなの知らない。だいたい、離婚の理由もわからないし」

「旦那の浮気だって」

武彦はあっさり答えた。ふたりでいったい、どんな人生相談をしていたのか。サトの胸の奥がふつふつと煮える。

「あんな、きれいな奥さんなのにね」

あてつけがましく言ったつもりだったが、武彦はしらっとした顔つきで缶ビールをあおった。飲み切った缶を捨てて戻ってくる。

「おまえのこと、かわいい顔だって」

ふざけながら覗き込まれ、睨み返した。

「りっくんは、この家のアイドルだって、颯太くんに言ってたよ」

「なるほどなぁ」

あっけらかんと笑われ、たまらない気持ちになった。悲しいような、苛立つような、いろんな負の感情が渦を巻く。

だから、武彦のシャツの襟を摑んで引き寄せた。からだを預けるようなキスをして、ぐっと睨みつける。

「やっぱり、怒ってるよな」

キスしたことには触れず、武彦は目を細めた。

「おまえの家族構成って、何人だった？」

「……」

「両親は揃《そろ》ってたか。……母親だけだって言ってたな」

「どうして、聞くの」

「思い出そうとしないと、なかったことになりそうだろ」

その方がサトには都合がいい。でも、武彦にはやっぱり都合が悪いのだ。

「思い出したくない。だって、おれは……ヒコさんが好きだから」

「そういうとこに、俺がつけ込むとかさぁ、思わないの？」

「つけ込んでくれるの？」

「いや、『くれる』じゃないだろ、そこは」

「……おれ、色っぽい女じゃないし」

「は？」

「もうひとり産めそうでもないし……」

「おまえ、男だろ」

武彦はまるでわかっていない。自分が言ったことも忘れているし、気にしているのはサトだけだ。それでも、嫉妬心は収まらなかった。

「え、えろいって、色っぽいって、こと？　いやらしい、だけ？」

「……変なヤツ」

そっけなく言った武彦が逃げようとする。その気配を敏感に察知して、襟を摑んだまま腰を寄せた。武彦の足の間に膝を入れる。

「そばに置いて欲しい。それだけじゃ、だめ？」

武彦の息がくちびるにかかり、伸び上がると簡単に触れ合う。抱き寄せられ、からだの向きが逆転した。

シンクが腰に当たり、のけぞるようにして指を武彦の頬に這《は》わせる。サトの指先を、チクチクとしたヒゲの感触が刺す。

くちびるを押し当てられ、離れていくのを追うと吸いつかれた。

「ん……」

くちびるを開いて、舌を待つ。

「あ、ヒコさん。ここにいた……」

へらへらっと声をかけながら入ってきた健二が、ヒッと息を引きつらせた。武彦が覆い隠しているサトに気づいたからだ。

「ビール持って、消えろ」

武彦が唸るように言うと、ささっと冷蔵庫からビールを取って去る。開けっぱなしだったガラス戸がそろそろと閉まった。

その音が途切れるのを待たずに、武彦の舌がサトのくちびるへ忍んだ。

からだが震え、息があがる。もっと欲しくて伸ばした舌が、ぬるりと絡み合う。

「ふっ……んっ」

「……どんな、人生だった」

「んっ……はっ……」

いまは聞かないで欲しかった。記憶のあるなしを探られるのが嫌なのではなく、ただ、気持ちがいいからだ。貪《むさぼ》られる感覚に腰が蕩《とろ》けて、武彦の太ももの逞《たくま》しさが押し当たってくる。

「なぁ、サト……」

チュクチュクと舌が絡み、互いの唾液《だえき》が混ざり合う。

目を伏せたサトは、ぶるぶると震えながらしがみついた。

どうして過去を尋ねるのか。サトの記憶が戻ったら、どうするつもりなのか。

聞きたいことは脳内でぐるぐると回ったが、キスの快感にすべて溶けてしまう。武彦はなおも太ももを押しつけてくる。サトのそこがすでに硬いことはわかっているはずだ。

武彦はどうなのかとサトは手を伸ばした。

「それは、ヤバい……」

触れる寸前で止められ、欲情しきった男の声で言われる。

抱いて欲しいと思う気持ちは声にならなかった。ガラス戸の向こうで、杉村と陽介が揉め始めたからだ。

息を吐き出しただけのサトは、乱暴に抱き寄せられた。ぐっと強くくちびるが押し当たり、次の瞬間には解放される。

戸の開く音が響いた。

「俺には、ルール違反だって言ったのに」

聞こえたのは陽介の声だ。背を向けているサトには表情も見えないが、いつになく静かに憤っている。

「なんの話だ」

すでに冷蔵庫へ近づいていた武彦はしらを切った。

「キス、してただろ」

「してない」

「してた、絶対にしてた。ずるい」

「なんだよ、それ」

ビールを取り出した武彦が笑うと、

「ねぇ、サトさん。俺にもさせて。口じゃなくてもいいし。ほっぺとおでこと耳元と……」

陽介の声と足音が近づいてくる。

「意味がわからない」

答えたのは武彦だ。サトはまだ、人に顔を見せられるような状況じゃなかった。激しいキスになにもかもが溶けて、自分でも性的な表情になっていると思うぐらいだ。

「だってさ、ヒコさんのものじゃないだろ？　好きでもないんだろ」

容赦のない切り込み方だった。ハッと息を呑んだサトが顔を向けると、陽介と武彦もこちらを見ていた。

ダメだと思っても、目が潤む。

「ほら、ヒコさんのせいだ」

「おまえのせいだよ」

どちらもサトから視線をはずさない。そうした方が負けるとでも言いたげだ。

「サトさぁん。ジュース、くださぁ〜い」

なにも知らない陸が入ってくる。陽介が気を取られ、サトも瞬間的に微笑んで返した。

でも、武彦だけが微塵も動かない。

「ヒコさん……？」

陽介が肘で突いて離れる。武彦の心情を、陽介は知っているようだった。難しい表情のそのわけも、長く一緒にいた白鶴組の人間にはわかるのだろう。

武彦からの視線を感じ、サトは黙って見つめ返した。

いまのキスを謝らないで欲しいと思う。気の迷いでもいいから、迷ったことそのものを間違いにされたくない。

サトの方から、視線をはずす。見つめていることの心苦しさが恋の甘さに負けて、からだが熱くなっていく。

もう一度見つめ合う勇気はなかった。

6

もしかしたら、と思う気持ちは誰にも相談できなかった。

北原に『落とせ』と言われたときから、心の奥には過剰になった自意識がある。陸と武彦の仲を取り持つことで、もしかしたら、武彦が自分を恋愛対象として見てくれるのではないかという期待だ。北原が提示した『ご褒美のにんじん』は、あまりにも魅惑的すぎて酷だ。

どうせなら、ふたりのためにしばらくいてくれと言って欲しかった。それなら、一ヶ月であきらめる算段だってできたのだ。

そう思うたび、サトは悲しくなる。

できるはずがないと知っているからだ。落とせるものなら落としたい。サトが溺《おぼ》れている、この恋の沼地に、武彦を引きずり込んでしまいたい。そうして、見つめ合うことにも、くちびるを合わせることにも、ふたりだけの意味を持たせたかった。

いっそ北原を呼び出し、本当はどんな思惑であの話をしたのかと問い詰めたくなる。でも、はっきり言われるのも怖くて、サトは思い悩んだ。

幼稚園までの道を、ひとりで歩く。

今日は武彦と宮本が、降園の見守りをしている。預かり保育で待っている陸を連れて帰ってくることはわかっていたが、家にいても手持ちぶさたで、暗い気持ちになるだけだから出てきた。

通園路をたどりながら、サトはとぼとぼと歩いた。

幼稚園は送迎バスも出している。だから、徒歩で通う子どもの数はそれほど多くない。園から離れればなおさら、同じ園の子どもとはめったに会わなかった。

白鶴組の組長宅があるあたりは古い住宅地で、子育て世代が少ないことも理由のひとつだ。

夏の日差しが照りつけるアスファルトを逃れ、わずかな日陰を選んで歩く。季節は弾けるように明るいのに、サトの心は日増しに沈んでいく。

颯太ママの一件があってから四日が経ち、キスをしたことさえ夢のようにはかなく薄れていく。

もういっそ、記憶が戻ったことを打ち明けようかと考えた。

すべて話して、それでも好きだと言って、押して押して押しまくれば、武彦は折れてくれるかもしれない。

だけどそれは、両思いとは違う。

竹藪《たけやぶ》の手前で、サトは足を止めた。くちびるを噛んでうつむく。

なにも思い出せなかったときは、武彦を想う自分の気持ちだけがすべてだった。受け入れてもらえれば、心が満たされると思い込んでいられた。

武彦の気持ちさえどうでもよかったのだ。遊びでいいから抱かれたくて、快感があれば満たされると思っていた。

バカな考えだ。そんなことは、あるはずがない。

竹藪の前を通り、ため息をついて、また足を止める。

竹の葉の擦《こす》れ合う音が静かに降り注ぎ、伸びた影の間から日差しが反射した。

武彦と心が通じなければ、あの男の心を満たせなければ、この恋にはなにの意味もない。

欲望だけで動く武彦じゃないことは、記憶を取り戻したときにはっきりとわかったのだ。

記憶をなくしていたときの想いと、いま武彦に対して抱いている感情は同じじゃない。

行きつく先がセックスでも、求める道筋が全然違う。

白鶴組の男たちが彼を守るように、サトも武彦の愛する暮らしを守りたかった。そこで愛し合えたらと考えるのは、途方もなく非現実的な妄想だ。

ありえないの一言に尽きる。

それなのに、どうにか振り向いて欲しくてあきらめきれない。

影を踏みながら歩き、竹の葉の涼しい音に視線を巡らせた。

踏み出した足が戸惑い、サトはそのまま目を見開く。心臓が、ドキンと大きく跳ねた。

竹藪の端から出てきたのは武彦だ。続くのは、颯太ママだった。伸ばした手を振り払われ、颯太ママが武彦の前へ回る。長い髪が肩から流れ、ふわりと揺れた。

ふたりのくちびるが重なる。それはキスだ。男と女がかわす、ごく当たり前の、キス。

華奢《きゃしゃ》な腕が武彦の首に回り、ローヒールの踵《かかと》があがる。絵になるふたりだった。知らない誰かが見たら、似合いのカップルだと思うだろう。

武彦は動じることもなく颯太ママを押し返した。

それが手慣れたしぐさに見え、サトは奥歯を噛みしめた。いい女だと言ったときの武彦を思い出し、ショックと怒りがないまぜになる。

サトとキスをしたのは四日前だ。

あの日、初めて颯太ママに会った。

からだの脇《わき》で握った拳が、ふるふると震える。いまここに武彦がいたら、間違いなく殴ってしまう。だけど、それは許された感情じゃない。

颯太ママをそこへ残して、武彦はひまわり幼稚園へと去っていく。立ち尽くしたサトは、前にも後ろにも動けなかった。

颯太ママに気づかれ、会釈をされる。逃げ出すわけにもいかずに前へ進むと、向こうもサトに近づいてきた。

「見て、ました……？」

よわよわしい笑みを向けられ、違うとは言えなかった。

「誘ったんだけど……、断られました。はっきりと」

「住む世界が、違うから、でしょう」

武彦の言いそうなことだ。素人に手を出さないのがポリシーだから。

女の視線が、アスファルトに落ちる。道の端は、竹の根を押さえきれずに盛り上がっていた。

「……サトさんは、武彦さんの恋人なんですか」

思わぬことを聞かれ、サトはぎょっとした。

「まさか。違います」

自分で言って悲しくなる。颯太ママは、意外そうに目をしばたたかせた。

「そう、なんですか……。ごめんなさい。変なこと言って。男の人と付き合ってるからダメなんだって……思ったんだけど……。違うんですね。……勝手ですよね、私。こんなふうだから、浮気されちゃうのかな」

おどけてみせるくちびるが、かすかに震えている。ずっと専業主婦だったなら、離婚はかなり大きな決断だろう。人生がまるっきり変わってしまう大事件だ。

「誰かが悪くて浮気するわけじゃないと思います。そんなことは、浮気した方の言い訳じゃないですか」

「好きになったら、仕方ない……。そういうことなのかな……」

「人を好きになるって、正解はひとつじゃない。そう、思います」

自分の言葉が、そのまま跳ね返ってくる。胸に突き刺さり、深くえぐられる気がした。

颯太ママが悲しげに笑い、ふたりともが黙り込む。その静寂を破ったのは、ドスの利いた雄たけびだった。

それと同時に、竹藪から人影が転がり出てくる。怒鳴り声じゃなく、気合の一声。

「博さん……っ！」

サトが驚きの声をあげると、

「捕まえた！　こいつだ！」

鬼のようにいかつい顔の宮本は、どもることなく一息に叫んだ。うつぶせに取り押さえられ、膝で背中を圧迫されているのはスーツを着たサラリーマンだ。

「ヒコさんを尾行《つけ》てたんだ！」

緊迫すると言葉がスムーズに出るらしく、宮本の凄《すご》みがいっそう増す。サトの隣で小さな悲鳴をあげていた颯太ママがワナワナと震えた。

「……夫、です……」

消え入りそうな声で言い、両手で顔を覆ってしゃがみ込んだ。

颯太パパは抵抗もせず、ひまわり幼稚園の会議室に入った。

泣くんじゃないかと思ったサトの心配をよそに、颯太ママはむっすりと夫を睨んでいた。怒っているのだ。それも、かなり根深い。あの視線には晒《さら》されたくないと、男なら誰でも思うはずだ。サトも例に漏れず、いつのまにか、颯太パパへの同情が芽生えた。

悪いのは彼だが、それでもいたたまれない雰囲気だ。

サトは出入り口に一番近い席を選び、宮本はイスに座らず、ドアのそばに立っている。巡回へ出たばかりの藤井と武彦を電話で呼び戻し、到着を待っているところだ。

「仕事、どうしたのよ」

震える女の声が重苦しい沈黙を破る。テーブルの上に置いた指が、天板をせわしなく叩いた。

「少し、抜けただけだ」

颯太パパはうつむいたまま答えた。浮気をするタイプには見えないし、妻の勢いには完全に負けている。

「今日だけじゃないんでしょ」

「毎日じゃないよ。たまに……、このあたりがルートだからさ。知ってるじゃないか」

「だからって、仕事を抜けないでよ。……しっかりしてよ」

うつむいた颯太ママが、ぎゅっと拳を握った。

「お待たせしました」

ドアが開き、藤井が入ってくる。その後ろに続くのは、黒いシャツを着た武彦だ。顔を見た瞬間に、颯太ママとのキスシーンが甦《よみがえ》り、サトもまた静かに拳を握りしめた。

「おまえっ！」

颯太パパが勢いよく叫んで立ち上がった。相手は藤井ではなく、宮本をねぎらっている武彦だ。

「人の嫁をもてあそぶような真似《まね》をしやがって……っ」

武彦に摑みかかろうとしたが、宮本があっさりと阻む。腕を叩き落とされて小さく悲鳴をあげた。

「パパ！」

颯太ママがイスを蹴って立ち上がった。

「誤解しないでよ！」

「なにが誤解だ！　キ……してたじゃないか」

言葉を詰まらせて、視線をそらす。

「だから、なに。パパだってしてたじゃない」

「あれは、仕事で……。同僚がふざけて撮った写真だって言っただろ。キャバクラだし、俺が相手にされるわけないだろ」

「そ、そんなの……っ」

颯太ママが両手で顔を覆った。そのまま、すとんとイスに座り込む。細い肩が頼りなく震える。

「悪かったよ」

謝ったのは、武彦だった。

「旦那とうまくいってないって言うから、ちょっと口説いてみただけだ。あんなの、キスのうちに入らねぇだろ。帰って消毒でもしてやれよ」

キスをされたのは武彦の方だ。でも、それを言うつもりはないらしい。

颯太パパはすっかり武彦から迫ったと思っているし、どうやら浮気の一件も、自分の旦那がモテると信じている颯太ママの早とちりだ。

夫婦の愛情がもつれ合っただけの、単純な行き違いだった。当事者たち以外にはため息しかない痴話ゲンカだが、それを指摘する人間はいない。

「園長先生、後はお願いできますか」

武彦から促され、藤井がうなずいた。

「わかりました。颯太くんのお父さんも少し落ち着いてください。なにか行き違いがあるんでしょう。そもそも、キスなんて、そんなことしてないと思いますよ。見間違えです。したようなこと言っているのは、彼の悪ふざけだ。……私の友人ですので」

丸め込むつもりでいるらしい藤井は、淡々と都合のいいことを並べ立てる。くちびるが重なるところは見ていないのだろう颯太パパは、もごもご言葉を濁した。

「颯太くんのお母さんも、勘違いがあったんでしょう？　離婚調停中だと聞きましたが、よく考えた方がいい。颯太くんのためにも。おふたりとも、少し話をしましょう。颯太くんのためにも」

藤井はわざと『颯太くんのため』を繰り返した。

夫婦は互いをちらりと見合う。颯太のパパも席に戻る。

代わりにサトが席を立った。藤井から目配せされ、会釈を返す。白鶴組の出番はもう終わりだ。

三人で会議室を出ると、武彦が宮本を振り向いた。

「母親が女に見えるってのは、好きなやつがいる証拠だよな」

武彦の言葉に苦笑した宮本は、なぜかサトを見る。意味がわからず、視線をそらした。

ふたりを追い越して、さっさと建物を出る。預かり保育の教室は別棟だ。陸と一緒に帰る途中で、武彦がパトロールの終了を伝えた。陸は残念そうにうなずく。その手を宮本が摑んだ。

　ふたりは手を繋ぎ、先頭を進む。武彦の後ろについていたサトは、

「別れる気がないって、わかってたの？」

　声をひそめて聞いた。届かないならそれでいいと思ったが、武彦は足を止める。前を行く宮本は、肩ごしにちらりと振り向いただけだ。そのまま歩き続ける。前後の距離が開いていく。

「どこから見たって幸せそうな母親だっただろ。旦那に惚れてるか、よそに男がいなきゃ、あぁはならない。浮気しそうなタイプじゃなかったからな……。ちょっとカマかけてみた」

　浮気を誤解された旦那が、妻のあてつけを警戒していると、武彦はそこまで考えていたのだ。

「……ママの方は、けっこう本気だったんじゃないの？」

「面白半分だろ。俺は火遊び専門だから」

　自嘲《じちょう》するように言った武彦を、サトは真正面から睨んだ。でも、なにも言えない。言う権利がないと思い、くちびるを引き結んで顔をそむける。

　武彦が火遊び専門であるはずがなかった。玄人としかセックスしないのは、金銭が絡めば感情に言い訳ができるからだ。

相手が本気になっても、あとくされなく終わりにできる。武彦もまた恋に臆病《おくびょう》だ。それが白鶴組のためなのか、それとも彼自身の生い立ちのせいなのか。簡単には判断できない。

「怒るなよ」

声を投げかけられ、いっそう顔をそむけた。からだごと横に向ける。

「くちびるがぶつかっただけだって」

「キスされてた」

「でも、キスはキスだと思う。おれは、思う……」

「それは、俺とおまえの場合だろ」

武彦のスリッポンがアスファルトを蹴る。

「見られてたなんて、計算外だ。俺が間男をやったって本気で思ってる?」

思うわけがない。そんな誤解をするはずがない。だから、知って聞いているなら、ひどい話だ。

知っていないとしても、やっぱりイライラする。

「夫婦ってなんだろうな。一緒にいたり、いなかったり、好きだったり憎んでたり……」

「知らないよ。結婚したことないし!」

「わかんないだろ、それは。若く見えるだけで、俺より年を食ってるかも……」

記憶が戻ったと知らない武彦の言葉に、サトの背筋が凍った。

武彦に背を向けて、逃げるように歩き出す。でも、帰る場所は一緒だ。

「俺も、おまえと同じで、母親とふたり暮らしだった」

のんびりついてくる武彦は、聞かせるともなく話し出す。

「って、いっても、生まれたときから面倒みてもらえなくて、施設と家を行ったり来たりだ。男と別れてさびしくなったら迎えに来て、サンドバッグみたいに殴られて……。まぁ、マンガみたいな悲惨さだったな。どうでもいいんだけど」

そんな言い方はないと思ったが、口を挟む隙はなかった。

「俺は小学生のときからもう荒れてて、中坊で少年院に入った。ありがたかったな。これで母親との縁が切れると思ってさ」

「……ヒコさん」

うつむいて振り向くと、武彦が目の前で立ち止まる。

「近所に住んでた小学生のガキがさ、いっつもニコニコしてて。ムカつくんだけど、母親もニコニコしてて、俺みたいなのにも顔を合わせるたびに挨拶してくれてさ。そういう感じを壊されたくなくて……、そのガキにいたずらしてたおっさんを、ボコボコにしてやった。殺したってよかったんだけど。後でふたりが知ったら嫌な気分になると思ってやめた」

「そんな話……」

サトは息を呑む。もしかしたら、武彦は気づいているのかもしれないと思った。

それは、サトのことだ。ふたりの過去だ。

でも、武彦はからりと笑う。共通の過去を持つ相手に向ける笑顔じゃない。そして、言った。

「それがな、俺の初恋」

「え？」

サトの視線の先で、武彦ははにかんでいた。恥ずかしそうに細めた目は、過去を懐かしんでいる。そこに本人が立っているとは、想像もしていない顔だ。

「だいじょうぶかって聞いたら、そのガキがさ、泣きながらやっぱり笑ってて。こういう笑顔のためなら……なんでもできそうだ、とか、な……、思ったんだよな」

照れた武彦の目の前にいるサトこそ、その『ガキ』だ。でも気づいていない。

「俺は人を不幸にする人間だから、誰かを好きになるとか、そういうのはそれきりにしようと思ってた」

サトは思わず後ずさった。

武彦が迫ってきて、顔を覗き込まれる。くちびるが触れ合う前に胸を押し返した。

「ダメ……」

嘘をついたまま、これ以上はなにも聞けない。

サトが記憶のない人間だから守り、記憶がないと信用しているから、自分の過去を晒しているのだ。

でも、記憶が戻ったら、初恋だと言ってくれた本人と同一人物だと知ったら……。

嘘をついて、騙《だま》していたと思われるだけじゃない。武彦の優しさごと踏みにじることになる。

「おれに、そんな話しないで」

全身で示した拒絶に気づき、武彦は伸ばした手を引いた。

「……あ、っそ」

気分を害した声が低く響き、武彦がサトを追い越す。

キスを拒んで恥をかかせたことに気づいても、謝るわけにはいかなかった。

もしかしたら、初恋の次に好きになった相手だと、そう言ってくれるつもりだったかもしれない。でも、それを言わせたら、取り返しがつかなくなる。武彦を『落とす』ことにも、もう意味がなかった。

武彦が心を許した、『記憶のないサト』はもういない。

ここにいるのは『嘘つきの里見慎也』だ。

嘘を知られたら、武彦の初恋まで穢《けが》してしまう気がする。それはつまり、ふたりの過去を貶めることだ。

振り向かない武彦の背中を見つめて途方に暮れる。それでも、とぼとぼと追いかけた。

その日はもう元気が出なかった。

不審者が見つかって安心したから疲れが出たと部屋にこもり、夕食の仕切りは杉村に頼んだ。陽介と健二が作ったのか、それともデリバリーにしたのか。

サトが寝込んでいると知り、陸もおとなしくしているのだろう。いつもの騒がしさが嘘のように静かだった。

十時頃になってから飲み物を取りに出たが、居間も台所も明かりが消え、廊下の足元に取りつけられたライトだけが灯《とも》る。

台所の室内灯をつけ、生活感のある部屋をぐるりと見渡す。たった一ヶ月。なのにもうすっかり見慣れ、初めて来たときのことはぼんやりとしか思い出せない。

記憶というものは、失っていなくてもはっきりしないものだ。名前や住所を忘れたら記憶喪失になるのに、四歳の頃を忘れても記憶喪失とは言わない。そして過去はときどき、都合よく作り変えられてしまう。

「起きてたのか……」

武彦の声に振り向く。

「喉《のど》が渇いたから」

「水でいいか」

そう言って、武彦はグラスを出した。水を汲《く》んで、テーブルに置く。イスを引かれ、サトは黙って従う。

家に戻って初めて交わす会話だ。不機嫌になっていたはずの武彦は台所を出ようとしなかった。

サトの胸の奥がずっしり重くなる。

「俺のせいか」

「違う」

首を振って答える。

「陽介が、いたずらしたとか……？」

「ないよ。するわけない。疲れただけだよ」

グラスを手に取って、水を飲み干す。

もう話してしまおうと思った。これ以上は騙せない。

覚悟を決めて、グラスをテーブルへ戻す。

「思い出したのか……」

息を吐くように言われ、油断したサトは顔を跳ねあげてしまう。何も言えなかった。ただ、武彦を見つめる。

「どうして言わなかったんだ」

武彦の眉が苦しげに引き絞られ、サトはくちびるを震わせた。言葉がまだ見つからず、視線が宙をさまよう。

武彦は怒っていない。それどころか、安堵《あんど》の表情を浮かべていた。だからいっそう、サトはいたたまれなさに襲われる。

一緒にいたくて、もう二週間近くも騙してきた。

ふらつくからだへ伸びてきた武彦の手をとっさに振り払い、どうしようもなくて、その場を逃げ出した。

足がもつれ、壁に肩をぶつけても痛みさえ感じない。

洋室へ逃げ込み、鍵《かぎ》をかける。追いかけてきた武彦がドアを叩いた。開けろと言われても、答えられない。

嗚咽《おえつ》が込みあげて、サトは両手で口を覆う。まともな考えができなかった。息が乱れ、呼吸が苦しくなる。

「サト！　合鍵で開けるからな。聞こえてるんだろ、答えろよ！」

武彦の声に首を振り、這うようにしてベッドへ近づいた。上半身をすがらせて、声を押し殺す。

「なんの騒ぎですか」

仕事へ出ていた北原の声がして、武彦が怒鳴るように答えている。内容までは聞き取れない。部屋の鍵が外から開けられ、

「サトさん」

北原に声をかけられた。過呼吸になりかけていたサトに気づくと、慌てて近づいてくる。

「ヒコはそこにいてくれ。俺が話をするから」

ドアを開けたままにした北原の言葉に、武彦は抗《あらが》わなかった。北原の大きな手で背中を撫でられ、サトは大きく呼吸を繰り返す。

「思い出したって？」

武彦が言ったのだろう。サトは布団を握りしめてうなずいた。

「自分の名前も、住所も？　……記憶がなくなっていたことは？」

サトと一緒になって武彦を騙していた北原は、そのまま嘘を続けるつもりらしかった。

「混乱してるんだ。ここに来てからの記憶もあるんだから、そっとしておいてやろう」

武彦に向かって言う。

「そんなわけにはいかない。心配している相手がいるだろう。とにかく連絡しないと」

「明日でもいいじゃないか。本人が、これじゃあ……」

「連絡先だけでも聞けよ。明日また忘れたらどうするんだよ」

「……わかった、わかった」

あきれ半分の態度を取り、北原は名前と住所と連絡先を聞いてきた。それから、連絡は明日にするという約束もかわす。

「なにかあったら、遠慮なく声をかけて」

肩を叩かれ、

「勉さん、おれ……」

その腕を掴んだ。武彦のことはこわくて見られなかった。

だけど、なにを恐れるのかもわからない。

「だいじょうぶだよ。あとは任せて」

嘘をついた罪悪感に気づいている北原に背中をさすられ、サトは黙ってうなずいた。

半開きにしたドアの前から、会話をしているふたりの声が遠のく。

サトはとっさに窓へ近づいた。音を立てないように開き、裸足《はだし》のままで外へ出る。

本当に、いま記憶が戻ったかのように混乱していた。

いてもたってもいられず、逃げる必要がないことにも考えが至らない。武彦に幻滅されることだけが怖いと、庭を横切りながら思った。

できるなら、きれいな思い出のまま終わらせたい。

それなら、もういっそ、いますぐ消えてしまいたい。

玄関先のアプローチから門の外へ出ようとしたところで、運悪く、陽介と鉢合わせになる。驚いたサトを見て、陽介はのんきに首を傾げた。

「あれ、サトさん。どうしたの？　オレさ、財布忘れちゃって……。元気になったなら、飲みに行かない？」

いつもの軽快さで誘われ、涙が込みあげた。自分が台無しにしたものは、もうどんなに努力しても手に入らないのだと気がつく。

白鶴組は特別な場所だ。誰もが受け入れてもらえるわけじゃない。

「泣いてるの？」

玄関先の暗さの中で、陽介に肩を掴まれる。サトが裸足でいることにもすぐに気づき、目を見開いた。

「なんでッ！」

「……陽ちゃんっ」

黙ってと言う間もない。サトが身をよじると、陽介は抱きすくめるように腕を回してきた。

「どこ行くの！　ダメだよ。待ってよ。ひとりじゃダメだって……っ」

「離し、てっ」

「ヒコさんは知ってんの？　なにか、あった？　なぁ、サトさんッ！」

　力任せに抱き寄せられ、その胸を拳で叩く。でも、びくともしなかった。同じ年齢のはずなのに、腕力ではまったく敵《かな》わない。

　そうこうしている間に、家の中が騒がしくなった。サトが逃げたことが知られたのだろう。玄関から飛び出してきた武彦がつんのめるように立ち止まった。

「サト……」

　その声を聞き、サトを抱きしめる陽介の腕が力を増す。

「どうして泣かせるんだよ」

　陽介が責めるように言った。

「あんたに任せても泣かせるんじゃ意味ないだろ！　オレがあきらめる意味がない！」

「記憶が戻ったんだ。離してやれ」

「……いやだ。そんなことしたら、この人、どこかに行っちゃうだろ。いまだって、逃げようとしてたんだぞ！」

「……サトにはサトの人生があるだろ！　帰る場所があるだろうが！」

「そんなの、知らない！」

　陽介は子どものように叫んだ。小さな子が、拾ってきた犬を捨ててこいと言われたときのように、サトをぎゅっと抱きしめて離さない。

「サトさん、忘れてないんだろ。オレたちのこと、忘れてないんだろ！」

「それと、これとは違うだろ」

武彦は冷静だ。諭される陽介は頑強にかぶりを振った。

「どうして！　あんたが抱いてないから？」

その一言に、

「そういうことじゃねぇだろ！」

武彦が本気で怒鳴った。その勢いに、陽介が怯む。サトの心臓も縮み上がって、バクバクと激しく動いた。

「いいから、サトを離せ。サト……、慎也、か……。家に帰りたいなら、いますぐ送ってやる。だから逃げなくてもいい」

そういうことじゃないのだと言えなかった。

武彦の口から別れの話を聞きたくないだけだ。もう白鶴組の一員じゃないのだと、自覚したくない。

だから、渾身《こんしん》の力で陽介を突き飛ばした。

胸の高さまである門を飛び越えて、なにもかまわず全速力で走る。呼び止める声からがむしゃらに逃げて、二軒先にある細い路地へ飛び込む。視界の良い通りじゃないから、サトは闇《やみ》に紛れた。乱れた息をひそめ、涙を拭《ぬぐ》う。

大人げない行為を悔やんでも、他にどうしたらいいのかがわからなかった。

胸が痛んで苦しくなり、服を摑んで身を屈めた。ズルズルしゃがみ込むと、誰かが頭を撫でた。小さな手の感触に目を向ける。

「りっくん……」

いつ、どうやって追ってきたのか。パジャマ姿の陸も、すでに泣いている。

「帰って……。りっくん、帰りなさい」

「一緒に帰ろう？」

「帰れない」

膝を抱えて首を振る。その腕にぎゅっとしがみついてきた陸も裸足だった。遠雷の音が聞こえ、雨の気配がする。

「りっくん。雨が降るよ……。ヒコさんが困るから、帰ってよ」

「サトさんも、帰ろうよ」

「おれはもう帰れない。嘘をついたから。ヒコさんを傷つけるから、りっくんのおうちにはいられない」

「そんなのいいよ。ぼくが一緒にあやまってあげる。サトさんがいないと、いないと……」

陸がワッと泣き出した。

「ヒコさんが、さびしくなる……っ、ぼくも、さびしくなるっ……」

「ごめんね、りっくん。ごめんね。ぼくは帰るんだよ。帰らなきゃ……、ヒコさんが、そう言うから……」

「言わないぃ～ッ！　ヒコさん、言わないもん～っ」

叫んだ陸にしがみつかれる。払いのけることは難しくない。だけど、できなかった。

そうしている間にも、陸は大声をあげて武彦を呼ぶ。聞きつけられるのは時間の問題だろう。こんな場所、すぐに見つかってしまう。初めから無謀な逃亡だった。

腰にしがみつく陸を引きずるようにして通りへ出た。薄暗い街灯が湿気を帯びた空気の中に、ものさびしく見え、家の方を振り向いたサトは顔を強張《こわば》らせた。

武彦が走ってくる。

「サトさん、行っちゃう～。どっか、行っちゃう……っ。ヒコさぁんッ」

しがみついてくる陸の手を、サトはやみくもに引き剝《は》がす。その手にも、陸は取りすがってきた。

「サト、落ち着け。サト……ッ」

駆け寄った武彦の手が腕を摑む。引き寄せられ、その頰を思い切り殴った。勢いで振り回した手が陸を跳ねのけ、小さなからだが道に倒れた。驚いて泣くのも忘れた陸へと、武彦が駆け寄る。

サトはその隙に逃げた。武彦の声が背中を追い、陸も叫ぶ。

走ったつもりだった。事実、いくつも街灯を過ぎた。でも、住宅街を抜けることはできない。

後ろ髪を引かれ、サトは振り向いた。

見慣れたはずの街並みが、真新しいもののように思え、人の記憶のはかなさに奥歯を嚙んだ。すべてを思い出したときよりも鮮烈に、いまこの瞬間がすべてを塗り替える。

雷雲が立ち込めて、雨がコンクリートを打った。古い住宅街はあっという間に濡《ぬ》れていく。

雨に頬を打たれ、サトは全速力で駆け戻った。濡れたアスファルトに膝をつき、声も出さずに泣く子どもを抱きすくめる。

ぎゅっと胸に抱いて、濡れた髪に顔を押し当てた。

「りっくんッ。りっくん……、陸……」

雨がいっそう激しくなる。雨粒に顔をしかめた武彦が、サトの肩を叩いた。

「ほら、帰るぞ」

「……おれには、家がある」

うつむいて答えたが、無視される。武彦の右手がサトの腕を摑み、左手が陸の手を握る。

「帰るぞ」

有無を言わせない声で言われ、引きずるように連れ戻される。

家の中は異様なほど静かだった。三人が戻った物音を聞き、みんなが勢揃いでホールを覗き込む。でも、誰も口を開かなかった。武彦が手出し無用のオーラを放っていたからだ。

風呂場に連れていかれ、服を剝がれる勢いで浴室へ押し込まれた。下着は自分で脱ぎ、陸と並んで浴槽に沈む。

濡れたTシャツを脱いだ武彦が、浴室の中で髪を搔きあげた。

「おまえ、今日思い出したわけじゃないんだろ？　勉さんに聞いた。俺が怒ると思ったのか」

「……それ、は」

「窓から逃げるなんて、どうにかしてるぞ」

「それは……」

返す言葉が見つからない。ごもっともだ。

武彦は濡れたTシャツを絞り、洗濯カゴに投げ入れる。

「それより、今日、どうしてキスさせなかった」

「え……」

戸惑いの目を向けると、武彦はガラ悪く舌打ちをこぼした。陽介を呼びつけると、陸を風呂から出してしまう。

「どうして？　ヒコさんが入るの？」

まだサトが入っているのを見て、バスタオルを広げた陽介が眉をひそめた。武彦はさっさと全裸になる。脱いだジャージのズボンと下着を外へ出した。黙ったまま閉めようとした扉を、陽介が止める。

バスタオルを肩から巻いた陸は、ひとりで脱衣所を出ていった。

「そういうの、どうかと思う！」

陽介が叫ぶ。

「話をするだけだ」

顔をそむけたサトの目の前でしゃがみ、武彦はかかり湯をした。浴槽へ入ってくる。男ふたりだと少し狭い。真横から見つめられたサトはうつむいた。

「俺、ここで見てるから！」

陽介がまた叫ぶ。

「意味ねぇだろ、閉めてろ」

「納得いかない」

「うっせぇよ」

それ以上のやりとりは不毛だと言いたげに息を吐き出し、武彦は片足を伸ばした。ふくらはぎがサトの腰裏に触れる。

「なぁ、サト。……『慎也』の方がいいか」

聞かれて首を左右に振った。

「じゃあ、サト。俺が初恋だとか、言ったからか？」

ストレートに聞かれて、ますます答えられなくなる。陽介は入り口にもたれ、こちらを見ずに話を聞いている。

「おまえがなにに怒ったのか。不満だったのか。俺にはまるでわかんないけど……、俺が言いたかったのは、俺がずっと好きだったのはおまえの過去で、いま好きなのはおまえで……。結局一緒だからいいじゃん、って、そういうことじゃなくて。……なぁ、こっち向いて」

あごの下に手が伸びて、ぐっと引かれる。伏せた視線の先に、武彦はわざわざ入ってくる。

肌色の肩がちらちらと見えて、サトは目のやり場に困る。

「おまえがあのときのガキだってことは、なんとなくわかってた。でも、はっきりさせたくなかった。そういうのが理由になるのは、嫌だから。……おまえの笑うとこ、好きだよ。たぶん、俺は、『おまえ』しか好きになれない」

「……ヒコ、さん」

見つめた先にいる男は、答えを求めていなかった。ものさびしげに見える三白眼は、どうにもキスしたそうに揺れている。

「いつまで、そこにいるんだよ！」

武彦が陽介に向かって叫び、立ち上がった。

うつむくサトの髪にしずくが降りかかる。浴槽から出た武彦は、不満げにくちびるを尖らせた陽介の頭を叩く。裸体の後ろ姿をちらりと見て、サトは自己嫌悪に陥った。

この状態でさえ、裸を見たいと思う自分が恐ろしい。

「サト。おまえも出ろ」

浴室から出た武彦がタオルを手に取った。顔をあげた瞬間に飛んできて慌ててしまう。

膝立ちでなんとか受け取る。

「ねぇ、サトさん！　断るならいましかないと思うけど！」

陽介が浴室に一歩踏み入れた。

「覗いてるんじゃねぇぞ」

タオルでからだを拭く武彦の言葉に、陽介が鼻を鳴らした。

「あんたの『オンナ』じゃないだろ。サトさんは答えてないし！」

「当たり前だ。女じゃない」

「じゃあ、いいじゃん。男同士なんだから」

「おまえはいやらしい目で見るだろ」

武彦が、陽介の腕を引く。

「ヒコさんは、やらしいことしたんだろ！　自分だけ！」

言われた武彦の拳が容赦なく陽介を殴った。大ゲンカになりそうな気配に、サトは慌てて立ち上がった。受け取ったタオルを腰に巻くと、

「胸も隠せよ！」

武彦に怒鳴られる。

「え。でも……」

サトは戸惑った。陽介は殴られた頭を押さえ、そっぽを向いている。どことなく顔が赤い。

武彦が難しげな表情で、眉をひそめた。

「おまえのそこは、あれだろ」

「え……」

「……感じるとこは全部隠しとけ！　バカ！」

照れ隠しに怒鳴られる。そっぽを向いた陽介が口を開いた。

「じゃあ、顔も隠さないとね。キスでだって……」

「ぶっ殺すぞ！」

全裸の武彦に首根っこを摑まれた陽介が引きずられる。

「なにやってんの！」

飛び込んできた健二が、出会い頭で平手打ちにされ、武彦がさらに声を荒らげた。

「来い、陽介！」

「危ない、危ない！　ヒコさん、服着て！　っていうか、床がびしょ濡れ……ッ」

バスタオルを引っ掴んだ健二がなにげなく顔をあげた。

「うわぁぁっ！」

浴室でからだを拭いていたサトに驚いて声をあげる。

叫んだのは目撃したからなのか。それとも陽介の蹴りが背中に炸裂《さくれつ》したからなのか。

「ド変態！」

「ええええっ！　覗いてないし！　ラッキースケベだっただけじゃん！」

その場に突っ伏した健二の足を、武彦と陽介がそれぞれ片方ずつ掴んだ。引きずって去っていく。

「あああああっ。ごちそうさまでしたぁ～」

健二の声がどんどん遠ざかり、廊下から鈍い音が響いてくる。

「騒がしいねぇ～」

幼い声がした。パックジュースを片手に、陸が顔を出す。なかなか図太く育ちそうで、先が心配やら楽しみやらサトは複雑な心境だ。

武彦からの告白を落ち着いて反芻《はんすう》する暇さえない騒がしさに辟易《へきえき》しながら、陸をもう一度見た。

「りっくん。ジュースを飲みながら歩かない……」

「あ。はい」

いつか武彦が口にしたバツの悪そうな返事と、そっくりそのままだ。素直にこくりとうなずいた。


「だから、どうしてこうなるんだよ」

居間のテーブルに片肘をつき、ジャージのズボンにTシャツを着た武彦はぐったりと脱力する。

「ふたりきりで話をさせてくれ」

「と、とりあえず、お、おまえらは……」

あぐらをかいた宮本が、健二と陽介に向かって指先を動かす。陸の寝かしつけを命じられ、若手ふたりは仕方がなさそうに腰を浮かせた。陸がそわそわと落ち着きなく振り返る。

北原が笑って言った。

「リク坊。ヒコが決めることだ。おまえの悪いようにはしない。そうだろう？　だから、おやすみ」

そう言われても納得はしてないのだろう。陽介もむすっとしたままだ。健二に背中を押され、陸と陽介はしぶしぶ部屋を出ていく。

居間にいるのは、年長組三人と武彦。そしてサトだ。

ハーフパンツとVネックのカットソーを着て、白鶴組の四人が作る半円から少しはみ出して膝を揃えた。

「黙ってて悪かった」

足を組んだ姿勢のまま、北原が頭をさげる。

サトが洋室から逃げ出した後、北原は秘密にしていたことを洗いざらい武彦へ打ち明けたのだ。嘘をつかせたのは自分だと言ったに違いない。

武彦は、タバコを吸いたげに指を動かした。

「いつからかは知らないけど、あんたは知ってるような気がしてた。そうじゃなきゃ、サトみたいなヤツをここに置いておく理由がないし。……俺が知らなくていいことなら、それでいいかって思ってただけだ」

武彦が年長組へ向けている信頼も相当のものだ。騙されても欺かれても、それが組のためになると信じている。

「親にも連絡はつけてあるって、言ったよな？」

「若頭の入院先で、再婚相手の母親の付き添い介護をされていて」

「なんだよ。ジジィの顔見知りか」

「久保田先生と行って挨拶もしたし、割りのいい住み込みバイトってことにしてある」

「それならいい」

前髪を掻き乱し、武彦は大きく息をついた。北原は真剣な表情で身を乗り出した。

「それで、どうする。サトさんはアパート住まいだから、近日中に解約して……」

「フリーター？」

「現役の大学生だ」

その答えに武彦が目を見開く。

「……言えよ。授業とか、あるんだろう」

視線を向けられ、サトはうつむいた。

「出席は足りてる……」

留年しているからなおさらだ。

「大学とか、俺にはよくわかんねぇけどさぁ……」

ガシガシと頭を掻く武彦に向かって、杉村が口を開いた。

「で、おふたりはそういうことになったんですか」

「なにが」

爪《つめ》と指の間を眺めた武彦が、めんどくさそうに応えた。

「だから、お付き合いすることになったんですか」

「いや、そこはもう結婚前提じゃないと」

北原がぽんっと、とんでもないことを言い出し、武彦は目を剝《む》いた。サトも驚かずにはいられない。

「はぁっ？　男だぞ、こいつ！」

武彦が叫ぶと、浅黒い肌の北原は貫禄《かんろく》たっぷりに小首を傾げた。

「『女』の連れ込みは厳禁って決めてあるじゃないか。それを破ったのはおまえだ。俺たちに対しても、きっちり筋を通してもらわないと」

当たり前のことのように言う。その隣で、宮本が膝を打った。

「ま、まぁ、サトさんが、こ、この家がイヤなら……し、仕方ない」

「要するに、『過ち』だったってことなら」

杉村が、しらっとした態度で武彦を責めた。

挿入未遂だ。それとも、素股《すまた》もセックスだろうか。とにかくそれが武彦の『間違い』で、サトのことが好きでもないならと、年長の三人が詰め寄る。

「おまえら、マジか」

間違いで素人に手を出す武彦じゃないことは、三人が一番よく知っているはずだ。

「もしも、陽介や健二が同じことをしたら、あんた、どうします？」

杉村の言葉に小さく唸った武彦は、真剣に考え込む。

年上たちはもう答えを急がせなかった。

武彦の表情がさらに険しくなり、あきらめたようなため息をついた後で視線があがる。

「……わかった」

年長の三人を見渡し、最後にサトを見た。

「サト。本当なら、俺がけじめをつけて、おまえと出ていくのが筋だ。でも俺は、この家を任されてる。……俺と、一緒になるか？」

「え……」

この家には独特のルールがある。

サトの常識はいつも宙に浮いて、驚かされることばかりだ。

男のサトをエロいと言ったり、嫁に入れと言ったり、血の繋がらない男所帯が、実は家族同然の仲だったり。

武彦を落とせと言った北原の言葉も、結局は偽りなく、そのままの意味だった。

そんな彼らが、そんな白鶴組が、サトは嫌いじゃない。

ほんの一ヶ月。たったそれだけでも、サトにとって、ここは温かな場所だった。母が再婚して居場所を作り、ようやく幸せになったとき、サトも自分だけのそんな場所が欲しいと思った。

親から巣立って、自分も家族を作りたいと、そう願った。

そのことを思い出す。

うつむいた瞬間、ボロボロッと涙がこぼれた。膝の上に置いた拳が濡れる。

プロポーズされたと気づいたら、声が喉に詰まって、息をすることさえ苦しくなった。

誰の顔も見ることができない。

「決定権を渡すのはずるいよ」

杉村が言うと、武彦は舌打ちをした。

「黙ってろ。っていうか、なんであんたらの前で言わなきゃいけないんだよ。席をはずしたらどうなんだ」

「年長者として」と、北原が低い声で答える。

「単なる野次馬だろうが」

「と、とも言う…」と宮本が答えた。杉村の指が、サトの膝をつついた。

「サトさん、言いたいことあるなら。さぁ……」

促されて吸い込んだ息が、みっともなく喉に引っかかる。

ぶるぶるっと髪を振って、拳を握りしめた。

「僕は……、ヒコさんが、好き……。ここで一緒に暮らして、恩返しじゃなくて、本当に好きになった。だから……、みんなと一緒にいさせてください。お願いします」

膝から滑らせた手を、床につく。三つ指をつく姿勢で、深く頭をさげた。

「あー、こっちのが男前だ」

杉村の声がニヤつき、視線を向けられたのだろう武彦がにじり寄ってくる。

「いちいちうるさいんだよ。本当に黙ってろ」

武彦のため息は重く、答えはもう決まっているのにサトは震えた。いつのまにやら、襖《ふすま》がうっすらと開き、その隙間から陸たちが覗いている。

隠れているつもりでも、物音は丸聞こえだ。気づいた武彦が怒ることはない。この家の人間なら、誰もが聞いておくべきことだからだ。

サトの前に膝を揃え、武彦が両手を畳の上につく。武彦の髪が、頭をさげたサトの髪と、かすかに触れ合う。

「俺にとって、白鶴組は家族だ」

武彦の声が耳元で響く。

「このイカツイおっさんたちも、あそこにいるジャリも、みんな合わせて面倒を見なきゃならない。おまえに苦労をさせることもある。でも、俺たちはおまえを、絶対に守るから。……俺と、一緒になってくれ」

「好きって、言えよ〜」

廊下側の襖から、陽介がやけっぱちな声を出す。

「あぁ？」

顔をあげた武彦が気色ばんだ。

「……ここじゃ言わない。絶対、言わねぇ」

そこへ陸が這い寄り、北原の袖を摘《つ》まんだ。

「サトさん、一緒にいる？」

期待に満ちた表情の子どもを、北原がひょいと膝へ引きあげる。

「そうだ。家族になる。ヒコのおかげだぞ」

ゆらゆらと揺すられ、陸は満面の笑みになった。跳ねるように飛び出して、武彦の首にしがみつく。

「ありがと、ヒコさん！　よろしくね、サトさん！」

歓声をあげて喜ぶ子どもの無邪気さが、サトの心に深く沁《し》み込んで涙と笑いが混じり合う。

宮本が、いかつい顔に似合わない気遣いで、ティッシュケースを押し出した。

「じゃあ、先方には、いつ挨拶に行きますか」

北原がいきなり現実的な話を始め、思わず腰を浮かしかけた武彦の腕を、杉村が逃がすまいと摑んだ。

うやむやを許さない組員全員に詰め寄られ、武彦は二日後と答えた。中一日の意味はあるのかと問われ、挨拶の言葉ぐらい落ち着いて考えさせろとはっきり言った。

サトにとっては、久しぶりの母との再会だ。記憶を失っていたこともあり、ひどく懐かしい気がする。自分が連絡を取ろうかと申し出たが、北原に断られた。

当日は六曜で『先勝』だからと、時間は午前に、場所はサトの母親の負担にならないよう、病院最寄駅近くのカフェが選ばれた。

サトはボタンシャツにチノパンを合わせたが、武彦は夏物のブラックスーツに糊《のり》の効いたこれも夏生地の長袖シャツを着て、細めのネクタイをきっちりと締める。

車の運転は北原が請け負い、ただ心配してついてきただけの宮本が助手席を埋めた。車からは降りないのに、ふたりともスーツだ。武彦以上に緊張した北原が「心配ないですよ」と言うから、サトの方が息苦しくなる。

杉村が選んだカフェは小さな店だった。焙煎珈琲《ばいせんコーヒー》の専門店らしく、ドアを開けた瞬間から香ばしい匂《にお》いに包まれる。

7

窓際の席に座っていた澄子が、サトに向かって手を振った。

記憶が曖昧《あいまい》になったことは北原から説明済みだ。昨日の夕方、サトはこっそりと連絡を入れ、記憶喪失のことを言い出せなかったと謝った。

元気ならいいと言われ、元気だと答える声が震えてしまった。

話したいことは山ほどあったが、それはほとんど白鶴組と武彦のことだから、それ以上は言わずに電話を切った。

楽しいお宅みたいでよかったわねと笑った母の声が耳に甦る。

「慎也がお世話になりました。なにも知らず、母親としてお恥ずかしい限りです」

どこか緊張した面持ちで頭をさげた澄子は、サマーセーターの胸元を押さえながらサトを見た。相手がブラックスーツで現れるとは思っていなかったのだろう。

ヒゲをしっかりと剃り、オールバックにするかどうかで陽介と揉めたヘアスタイルは、軽く撫でつけただけだ。陽介と健二の説得が武彦のこだわりに勝った結果だった。目つきの鋭さも相まって、きりっと凜々《りり》しい魅力になっている。

サトの惚れた欲目を引いても、だ。

「世話になったのは、こちらですから」

そう言って澄子へイスを勧めた武彦は、サトを座らせてから隣に腰かけた。

「岸本武彦と申します。露天商のとりまとめを生業《なりわい》として……」

「あら」

澄子の眉がふわりと動いた。サトを見てにっこり笑う。

どこかで聞いた名前だと言われる前に、身を乗り出した。

「同じ人だよ」

そう答えることは同時に、武彦を『ヤクザ』だと教えることになる。サトと武彦は緊張したが、

「そうだったのね。てっきり、北原さんも一緒に来るのかと思ってたわ。暴力団とは違うんだって、弁護士さんから聞いてます。わかりやすく説明してくださって」

「連絡もさせずに引き止めることになって、申し訳ありませんでした」

武彦が頭をさげる。

「記憶喪失になってたことも聞きましたよ。そういうことってあるのね。……慎也。ほんとはね、見に行ったのよ。こっそり」

「え？　いつ？」

「決まって、すぐ。声をかけようと思ったけど、小さい子を連れてるのを見たら、なんだか泣けてしまって……。お父さんにね、よく似てたわ」

そう言って鼻をすすった澄子はバッグからハンカチを出した。目元を押さえる。その涙を見せたくなくて、声をかけずに帰ったのだろう。

「あの子、いくつ？」

「四歳。幼稚園の年中だよ。陸っていうんだ。今度、会ってあげてよ」

「いいの？」

笑顔を輝かせた澄子が武彦へも視線を向ける。

北原がなにをどこまで説明したのか。ふたりにはまるでわからない。けれど、地ならしは済んでいるのだ。

それが北原の愛情だ。武彦とサトがつまずかないように、年長者の気配りが最大限にされている。

三人分のアイスコーヒーが届き、中年の店主は静かに去っていく。客は他にひとりもいなかった。

「……あの事件の後、大変だったでしょう」

アイスコーヒーにガムシロップを注ぎながら、澄子はなにげないふりをした。でも、かき混ぜる前に姿勢を正す。

「岸本さん。あなたが慎也を助けてくれたこと、本当にありがたく思っています。自分の子どもの心を優先して、あなたを顧みなかったこと、偽善に聞こえるでしょうけど、本当に申し訳なく思っています」

澄子が立ち上がり、武彦に向かって頭をさげた。

「あなたがどうなったのか。知ろうと思えばいつでも知れたのに、自分の生活を守るのが……」

「座ってください」

ふたりの間で視線を揺らしたサトの膝を、武彦がぽんっと叩いた。立ち上がり、澄子を座らせる。うつむく顔を覗き込むようにイスのそばにしゃがみ込んだ。

「こう言うと、自分の首を絞めるけど……、どうせ結果は一緒でした。あのままだったら俺は、自分の母親を殺してました。知らないおっさんを半殺しにしただけで済んだのは、ふたりのおかげだと思ってます。あとのことは、自業自得だから。……まっとうに生きる気が、俺にはなかった。……いまの居場所が見つかるまでは」

「でも、私がしてあげられることはあったでしょう」

「いや……ありませんよ」

武彦は冷たく言った。それは澄子への感情ではなかった。

「俺に関わってたら地獄ですよ。俺の母親に金を巻き上げられて、まともな生活はできなかったと思う。だから、ふたりにはできる限り逃げて欲しくて……関わって欲しくなかった」

「……お母さんは？」

「死にました。俺のバイクを勝手に売って、先輩の車を盗んで、チンピラに騙されて……」

言わずにいられないのだろう武彦は、そのまま膝を抱えるように顔を伏せた。サトをちらりと見た澄子が手を伸ばした。

整髪料のついている武彦の髪を指先でかすかに揺らす。

「頑張ってきたのね……。あなたも」

澄子も同じだ。事件の後、職場を変え、不景気の煽《あお》りもあって給料は年々削られた。ふたりの暮らしはいつも綱渡りのようにぎりぎりで、それでもサトが幸せだったのは澄子が笑っていてくれたからだ。

笑い合って暮らすことが楽しいことだと、サトは母親から教えられた。それを今度は陸に教えてやりたいと思う。

「ヒコさん……」

しゃがんだままで動こうとしない武彦のそばに近づき、サトは同じようにしゃがんだ。

余計なことを並べ立てたと後悔しているのが、手に取るようにわかった。その背中をそっと撫でる。甘いしぐさを、母親から見られてもかまわなかった。

これから、その話をするのだ。

武彦が長いため息をついた。すべて吐き切ってから、新しい息を吸い込む。

そして、その場に膝をついた。澄子を見上げた横顔の潔さを、サトは永遠に覚えておこうと思う。

「サト……、いえ、慎也くんを、好きになってしまいました」

言い切った武彦に向かって、澄子はまばたきを繰り返した。戸惑った顔でサトを見る。

「おれの方なんだよ、母さん。先に好きになったのは。彼じゃないんだよ」

慌てたサトも膝をついた。隣で武彦が首を振る。

「いや、きっかけを作ったのは俺の方です。責めるなら」

「こんなことまで背負わないで」

武彦を振り向き、きつく睨みつけた。いつだってなんだって、自分が背負えばいいと思うのは、武彦の悪い癖だ。

その荷物を半分持ちたいから、ずっとそばにいさせてくれと頼んだのに、まだわかっていない。

「……誰のことも責めませんよ」

澄子が笑って言った。アイスコーヒーをかき混ぜ、カウンターを振り向く。

「ほら、お客さんが来たら迷惑よ。ふたりともちゃんと座って。……いやねぇ、大きな犬を連れてきたみたい」

ふふっと笑い、心配そうにこちらを窺《うかが》っている店主に向かって会釈した。そして、振り向く。

「岸本さん。いえ、武彦さんでいいわね？　あなたの人柄については、田中さんからたくさん聞いています。大所帯を立派にまとめているって。みんな、あなたが好きで、あなたがいないとさびしくて生きていられないんだって。そんなことがあるのかしらと思ったけど……」

うつむいた澄子は息を吐く。サトを見て、頬をゆるめた。

「私の不注意で、この子にはひどい思いをさせたわ。恋愛に臆病なのも知ってるし、いい人がいないかと聞くたびに、私が聞けた話じゃないとも思ってきたのよ。再婚するときだって、また慎也がひどい目に遭うんじゃないかって……。相手には怒られましたけど」

澄子は窓の外へ視線を向け、テーブルを眺め、サトをちらりと見て店内を見渡す。それから、座り直した武彦に向かって苦笑した。

「再婚したとき、本当はひとり暮らしなんてさせたくはなかったのよ。この子はどうしてなのか、男の人に色目を使われるのよね。新しい夫は、それが心配だっていつも言うの」

「あの人は、だいじょうぶだったよ」

サトが言うと、澄子はうなずいた。

「そりゃそうよ。慎也は悪魔でもなんでもないんだから。……でも、あなたの同級生の母親からは、よく嫌味を言われたわ。自分の旦那と外で会ってる、って。私がじゃないのよ？」

あきれたように武彦へ訴える。

「あの事件のせいだって、ずっと思ってたんだけど」

「勘違い、じゃないかな……」

サトはうつむいた。

「おまえのせいでもない」

武彦がぴしゃりと言った。視線を向けると、鋭い視線で射抜かれる。怒っていなくても睨んでいるように見える瞳《ひとみ》に、サトは肩をすくめてみせた。

「そうなのよ、慎也。武彦さんがコテンパンにした、あの男もね、別の事件で捕まったんだから。あんな目に遭ってもまだ懲りないで、子どもに手を出して」

澄子の瞳の奥で怒りが燃える。それを隠すようにまぶたをぎゅっと閉じ、深くうなずいた。

「慎也が決めたなら、なにも言わないわ。大学は卒業してね。私からのお願いはそれだけ」

そうして、武彦に向き直る。

「慎也のこと、どうぞよろしくお願いします」

「大学についても承知しました。就職については、改めて相談します。うちでないところがいいと思うし」

「先の話だよ……」

ふたりのやりとりに、サトは小声で口を挟む。

「おうちに遊びに行ってもいいかしら」

澄子はもうすっかりいつもの様子で、朗らかに笑った。

「どうぞ、遠慮なく。まともに暮らしてますから」

「……もしも手に負えないと思ったら、私に返してくださいね。他のどこにも、やらないで」

母親の目が、武彦を見据えた。背筋を伸ばした武彦はうなずく。

「俺にあきれて家出をしても、うちに帰るように諭してください。迎えに行きます」

「あら、優しいのね」

「絶対に殴らないし、家に閉じ込めたりもしません。慎也くんの自由は保証します。……貯金も少しはあるし、墓も決まってます。家はこのまま住みますけど……」

真剣な顔で並べ立てる武彦に、澄子は耐え切れない様子で笑い出す。サトも笑いをこらえてうつむいた。

昨日丸一日かけて武彦が考えた結果は、見事に古風だ。

澄子がテーブルに片手をすがらせる。

「もういっそ、息子さんをくださいって、言って……ッ」

肩を揺すって笑い出す。

「あ。息子さんを」

「ダメダメ、ヒコさん……」

それは冗談だとサトは取りすがった。

「いや、言いたいから」

武彦に押しのけられる。

「息子さんを、俺にください。一生かけて、ずっと幸せにします」

頭をさげた武彦に向かって澄子が問う。

「あなたの幸せはどこにあるの?」

「家族がいれば、俺は幸せです。そこに加わってくれたら、望むことはありません」

それは考え抜いた答えじゃないだろう。ごく当然の、武彦がいつも考えていることだ。

「お嫁に行くのねぇ」

母親から笑われて、サトは小首を傾げた。

「それもいいと思って……」

「幸せになれそうなら、なんでもいいわよ。試してダメなら帰ってきなさい。結婚なんて、そんなものよ」

そう言った澄子はパチンと手を叩く。

「ねぇ、おチビちゃんの写真はないの？　見せて、見せて」

純粋な興味に目を輝かせて身を乗り出した。

その日のハイライトは、澄子に「おかあさんと呼んでね」と言われた武彦が耳まで真っ赤になったことだ。

挨拶の内容は口外するなと釘を刺され、サトはもったいなくて誰にも言いたくないとうなずいた。

くださいなんてモノみたいだったと、見当違いの後悔を見せる武彦に手を引かれ、北原と宮本が待つ駐車場へ戻る足取りは軽くなり、途中の路地でさりげなくキスをした。

このままホテルにでも誘って欲しいと思ったが、家族への報告を最優先させる武彦の性分も愛《いと》しくて、なにも言わずに付き従う。繋いだ武彦の手のひらは汗をかき、それが暑さだけのせいじゃないと、車に乗ってから気がついた。

＊＊＊

けれど。

そのまま、一週間のお預けが待っているとは思わなかった。

市川組長が正式に部屋を譲ってくれることになり、サトと武彦が同室になるかどうかだけでも揉めたのだ。

断固反対する陽介が三人部屋を主張して、三人目は陽介か陸かで混乱した。普通に考えて、武彦とサトだけの部屋だと口を滑らせた健二が陽介に八つ当たりのケンカを吹っかけられ、障子が壊れるほどの大乱闘が繰り広げられた。

武彦が怒る前にキレたのは宮本だ。

若いふたりは鮮やかに殴られ、次々に絞め技で落とされて庭に放り出された。そこへ北原がバケツの水をぶっかけたのが三日前だ。

翌日にはアパートを引き払ったサトが引っ越しをして、ここでも誰が頼んだのかわからないダブルベッドが火種になった。注文主が市川組長だとわかり、本人にも登場されては返品もできず、ベッドは洋室へ運び込まれた。

一番喜んだのは陸だったが、部屋はサトの個室と決まった。壁紙もじゅうたんも張り替えられ、勉強机も置かれた部屋はすっかり学生の住処《すみか》らしくなる。

しばらくすれば、小学校にあがる陸の机が並び、ダブルベッドには彼ひとりが眠るのかもしれなかった。それとも、ベッド自体が撤去されて、本棚が増えるかもしれない。

陸の個人スペースが確保できそうなことに満足した武彦は、再来年には小学校へあがるなんて信じられないと笑った。

いつまでも子どものままではないと実感した顔で「稼がないとなぁ」と繰り返すのを見て、サトは人目もはばからずに背中へ貼りつきたいと思った。

キスはしても、その先をする余裕がなく、初めてのことだと思うと、お互いに慎重にならざるを得ない。

たまらずひとりで処理してしまい、武彦の顔が見られなかったのは昨日のことだ。そして、今朝。土曜の朝の食卓で、陽介がひとり立ち上がった。

「旅行に行きます！」

と、いきなり宣言したのは、事前に知らせて、楽しみにしすぎた陸が知恵熱を出さないようにだろう。行先は県外の大きなテーマパークで、すでに宿も取ってあった。サトと武彦、そして陸以外はみんな知っていたのだ。

それだけでも驚きなのに、武彦とサトには留守番が言い渡された。もちろん陸は一緒に行きたがった。でも、仕事がある、車に乗りきらないとたたみかけるように言われ、ついには騙された。

「もっといいものを食べに出てもよかったのに」

台所に立った武彦に言われ、サトはジャガイモを取り落とす。

武彦に仕事があったのは本当だ。帰ってきたのはついさっき、夕方になってからだった。

「そういうのは、みんなが留守番してくれたら、行けるし……」

出かける寸前の陽介から言われたのだ。

外に食事に出たら、武彦は確実に飲みすぎる。ふたりきりになった意味を理解したらなおさらだから、家からは出るな、とからかいもせずに忠告された。

「この家でふたりきりで食べるなんて、めったにないと思って」

そう言えば納得すると耳打ちしたのは杉村だ。

「おまえがそう言うならいいけど」

武彦はキスしたそうな雰囲気だけ出して、シャワーを浴びに消えた。サトは黙々とカレーを作り、いつもよりぐっと辛くした。武彦の好みだ。サトも辛い方が好きだが、宮本が苦手なので中辛にしか作らない。

ふたりだけで居間のテーブルに並び、テレビを見ながらフハフハと辛さを満喫して、おかわりもした後で失敗だと気づいた。しっかり食べすぎて、胃が重い。扇風機の風の中に、ごろんと転がって天井を眺める。同じように転がった武彦の指に触れ、そのまま絡めると握り返された。

お互いに、今日がそのときだとわかっている。

「腹いっぱい食うなよ……」

笑った武彦が這い寄ってくる。辛いカレーで汗だくなっていて、額に貼りつく髪がセクシーだ。

「おいしかった……ん……」

チュッとキスされる。

「俺が片付ける。転がってろ」

たまには、と言われ、食器をさげる武彦を目で追った。満腹すぎて眠気に襲われる。それはダメだと思ったが、我慢できずに目を閉じた。開け放った襖の向こうから食器の擦れる音と水の流れる音がする。

甘い幸福が部屋からも庭からも漂ってきて、サトはごろりと寝返りを打った。武彦が戻ってきたときは薄く目を開いたが、タオルケットをかけられてまた目を閉じる。

縁側に座った武彦がタバコに火をつけた。

テレビは消えていたが、庭の虫たちがそれぞれの羽音を鳴らす。それがサトを静かな気分にさせた。

ずっとここにいたような、ずっと前から、ここに来たかったような、そんな気持ちは、微塵もエモーショナルじゃない。心が凪《な》いだ。

「なぁ、サト?」

「うん?」

「こんなふうに静かだと、なんか変だな」

「そうだね。キスしても、陽ちゃんが飛んでこないしね」

陽介は察しがよすぎるのだ。いつも絶妙のタイミングで邪魔しに来て、センサーでもついているんじゃないかと疑いたくなる。

「おまえさぁ、……わかってる？」

タバコを消した武彦がまた這い寄ってくる。顔を覗き込まれ、サトは目を開いた。

「うん、わかってる」

今夜はふたりだけのために用意された時間だ。なにもすることがない。愛し合う以外は。

「いいの……？　その、おまえのあそこに、挿《い》れるわけだけど」

「ヒコさんが、指を入れたところ？　……練習した？」

「できねぇだろ。そんなもん。……まぁ、動画は見ておいた」

「ふぅん……」

反対側に寝返りを打つ。

「男のやつ？　女のやつ？」

背中を向けて聞く。

「聞くなよ、そんなこと」

「……ひとりで、した？」

「だからさぁ……。したよ。した」

観念したように、武彦が白状する。

「おまえが同じように喘《あえ》ぐかと思ったら、無理だろ……。めちゃくちゃ、シコった」

「だから、我慢できたんだ……」

「他人事《ひとごと》みたいに言うな。おまえはどうなんだよ。おまえは」

ぐいっと肩を摑まれ、仰向けにされる。

「覚悟、できてるのか」

「がっかりされるかもしれない覚悟？」

「違うだろ」

「じゃあ、気持ちよくて戻れない覚悟？」

からだを起こして、武彦に顔を近づける。ごくりと生唾を飲まれて、下半身が疼く。欲情されることがたまらなく嬉《うれ》しかった。

「お風呂に、入っても、いい？」

「……あぁ、うん」

「一緒に、いい？」

うつむいて誘うと、武彦は笑い出す。その場でカットソーを脱ぎ、サトの腕を摑んだ。

「風呂に入ったらキスさせて」

言われてうなずいた。このまま始めてしまいたい気持ちを、互いがこらえる。

「入ったらって、どっち？」

風呂の中でなのか、それとも出てからなのか。背中に問いかけたサトを武彦が苦笑いで振り向いた。

もちろん、答えは決まりきっている。浴槽の中で向かい合ってキスが始まり、サトは目を閉じてあごをのけぞらせた。

「逃げんなよ」

「逃げてなっ……」

そう言っても、ついついのけぞってしまう。

「おまえが好きだよ、慎也」

抱き寄せられ、髪にくちびるを押し当てられる。

「サトでいいってば。慣れちゃったし」

「たまには……」

呼びたいのは武彦の方なのだろう。

「ヒコさん……もう、勃《た》ってるね」

触らなくても、湯の中を覗けばわかる。さりげなく隠しているサトも同じだ。

「風呂に入る前からだ」

「いつ？」

「恥ずかしいから聞くな」

そっぽを向いた武彦の頬を両手で挟む。ヒゲがチクチクと手のひらを刺した。

「どうした」

口元を眺めていると、不思議そうに問われる。

「うん……。好きって言われるの、こんなに、……嬉しいんだなって」

視線を合わせる前に、首の後ろを掴まれた。引いた腰が浴槽に当たって、それ以上は行けない。

「んっ……ふっ」

噛みつくようなキスで、くちびるを吸いあげられる。何度も何度も角度を変え、そのたびに湯が波立つ。唾液で口元が濡れた。

「あっ……ん、んっ……」

息をする余裕もなく、舌が絡んだ。ぬるぬると触れ合うのが気持ちが良くて、くちびるを開いて舌を差し出す。ねっとりと丁寧に舐《な》められ、ぞくぞくとからだが震えた。

「やらしい……」

嬉しそうにささやかれ、サトの頬が火照《ほて》る。

「んっ……、お湯の中、だめ……っ」

敏感な場所を握られ、サトは首を振った。

「いいだろ……」

腰を抱き寄せられ、足の上に座らされる。両手で武彦の首にしがみついた。キスでくちびるが塞《ふさ》がれ、摑まれたものの裏側を武彦の芯《しん》が擦りあげる。

「あっ……」

ふたりのモノを一緒に摑んだ武彦は、器用に両手を滑らせた。

「……やっ、あっ……あっ……」

もどかしさに温かな湯が絡み、熱いぐらいの刺激を感じる。サトは身をよじらせた。思う以上の快感で、腰が浮く。

「おまえはひとりでしなかったのか……」

「んっ、ん……」

「……覚悟しろよ。毎晩抜かないと我慢できないぐらいの快感を教えてやる……」

「い、やだ」

首を振ったが逃げられない。セックスを連想させる腰の動きを繰り返され、もう頭の中はショート寸前だ。

喘ぎが途切れ、声が洩れる。不安になって、武彦の目を覗き込んだ。

「なんか……っ、へん……」

「声、出せよ。……我慢するな」

「で、もっ……ぅ、ふ……っ」

武彦の手が、サトだけをしごきあげる。湯が揺らめいて絡みつき、腰がひくひくと動いてしまう。

「あっ、あっ……」

擦りつけたくなるのは男の本能だ。でも、それを武彦の手にしているかと思うと恥ずかしい。

「もっと、あんあん、言えって……」

「無理だよっ……む、りっ……あ、はっ……あぁっ」

リズミカルな動きに射精が促される。

「や、だ……おれ、ばっか……」

腰を引いて、湯の中に腕を沈める。手探りで武彦を摑んだ。

「きもち、く……なって……」

たどたどしくキスすると、武彦は眉根に深い溝を刻んで唸った。

はぁはぁと息を乱した武彦が、サトの下くちびるへと乱暴に吸いつく。両手の中の昂《たか》ぶりが大きく脈を打った。

「指、入れていいか？」

　聞く前から指が這う。

「ここ、触りながら、イキてぇ……」

「……あぅ、っ……」

　つぷっと指先で突かれ、沈みかけたサトは浴槽を掴んだ。もう片方の手で、武彦を握る。

「……お、湯……っ、入っ、ちゃ……」

「困らねぇだろ」

　後ろを何度もさすってくる武彦は、サトの先端も揉みくちゃにした。

「ひ、ひこさん……っ」

「ヤベぇ……。予習しすぎた……」

　欲情した目がサトを見据える。舌なめずりするような顔の武彦は荒い息を繰り返した。

「先に、抜かせて……」

　そう言って自分のものを掴むと、激しくしごき始める。でも、もう片方の手はサトの後ろを探ったままだ。湯の侵入を拒むすぼまりがいじられる。

「……ひくひくして……ここに入れるかと思うと……たまんねぇ……」

「あっ、あっ」

　擦るだけかと思えば指の先で突かれ、サトは翻弄《ほんろう》されて息を乱した。自分のものを掴む。

　明るい浴室で、アナルをいじられて喘ぐ姿を晒している現実が、激しい羞恥心《しゅうち》になって込みあげる。もう逃げ出したい。そう思うのに止められないのは、必死になっている武彦を見ていたいからだ。

「ヒコさん、だめっ……、おれ、イキそ……、出ちゃ……」

「イけよ……。イけ……っ」

「もう、後ろ、やめっ……やめ……っ」

息が途切れ、からだがぶるっと震える。射精の緊張がほどけた瞬間、武彦の指がぐっと押し入った。驚いてぎゅっと締めつけると、武彦が息を引きつらせた。

顔を歪めて、腰を震わせる。

「あ……く、はっ……」

男の低い息遣いが、サトのくちびるを這う。

「のぼ、せる……」

訴えると、キスもそこそこに引きあげられる。

バスタオルを取って戻ってきた武彦に聞かれ、浴槽に腰かけていたサトは首を振った。

「痛かったか？」

指を押し込まれた場所にはまだ感覚が残っている。でも、傷ついた痛みはない。

からだを拭きながら視線を向けると、武彦はいつになく落ち着かない。彼らしくなく、そわそわしていた。

続きをやりたがっているのがあからさまで、サトの胸の奥も甘酸っぱく欲情する。だからといって、早くしようとも誘えず、浴槽の栓に手を伸ばす。その腕を引かれた。

「お湯だと固まるから。後でやる」

見るなよと笑われたが、興味本位が先に立つ。

「ヒコさんはお風呂の中でしたことあるんだ」

「思春期、思春期」

そう言って、笑いながら浴室を出ていく。背中を睨んだサトは、廊下まで追いかけていってバチンと叩いた。

痛がって振り向く武彦の背中に隠れて逃げ、濡れている肌をバスタオルで拭く。

「いちいち、拗ねるな」

「うっとうしくて、ごめんね！」

「違う。……かわいい」

くるっと反転した腕に摑まえられる。

「どうしてやろうかって、そればっかりだ……。思春期だろ？」

壁に追い込まれ、背中が当たる。

薄暗い廊下で、お互いに全裸なのがいやらしい。いつもは陽介と健二が陸と一緒になって走り回る場所だ。生活空間の一部で抱き合うと、悪いことをしているような気分になる。

それは武彦も同じなのだろう。

でも、遠慮なく膝を足の間へ割り込ませてくる。腰を抱かれ、キスされながら尻を揉まれた。それもまた遠慮のない動きで、摑み直されるたびに割れ目が開かれ、すぼまりが外気に晒されてうごめく。

「そんなに……」

激しく揉むなと目で訴えたが、わかってやっている男はにやりと笑うだけだ。

「んっ……ん」

くちびるを食《は》まれ、腰をすりつけられる。それに加え、指が核心へと這う。今夜は確実にそこが狙われているのだ。

「さっき、どこまで入った？」

「知ら、ない……」

うつむいて首を振ると、

「ここで指入れていい？」

また答えを待たずにからだを反転させられる。壁に手をつくと、腰を引かれた。

「さっきも、同じこと……っ」

責めても無駄だ。何度だって言うに決まっている。目的はそこにしかなく、そこでしかふたりは繋がれない。

「……ひ、こさ……っ、ふとん……」

「わかってる。わかってるから」

なにもわかっていない。

夢中になった声にごまかされ、濡れた指が這う感触に耐える。

「あっ……は……。無理っ」

「濡れてるから」

「濡れ、ないっ」

体勢を戻そうとすると、さらに腰を引っ張られる。

「……ぅ。や、だっ」

恥じらってよじる腰が、恥じらいのない動きになることをサトは知らなかった。気づいたのは、腰を撫でられ、肩ごしに振り向いたときだ。

動きを眺める武彦の欲情した目に息を呑む。消え入りたくなるような劣情だと思った。武彦が獲物を狙う獣のようにたぎるのを見ると、膝が震えて腰がざわつく。指でいじられている場所がキュッとすぼまり、そしてほどけるのがわかった。

唾液で濡れた指が、湿った場所へと潜っていく。

「あ。……あっ。……ぅう……ん」

「ゆっくり、するから」

「……こわっ、い」

男の指は思うより太い。それが狭い器官を探って進む。痛みはなくても恐れが芽生え、どういう反応でやりすごせばいいかもわからない。

「息、吐けよ……。ほら、少しずつ」

「んっ、ふ……」

身を屈めた武彦のくちびるが腰に押し当たり、サトは立っていられずに沈んだ。

「はぁっ……あ、あぁっ……」

「よくなるから……、きもちよくしてやるから」

騙されているとしか思えない。指が動くたびに溢れるのは、激しい違和感だ。硬い場所にねじ込まれ、息が浅く弾む。

「サト……。な、もう少し……」

うずくまった背中にキスが滑っても、からだは強張るばかりだ。

「……も、やだ……ぁ。ロー、ション……してよ……やだ」

「わかってる」

「わかって、な、い……。う……ぁっ……だ、めっ」

想像よりも深く入り込んでいた指がズルズルと抜ける。それがまた、唾液を足して戻ってくる。今度はさっきよりもスムーズに、奥まで差し込まれた。

「は……ぁ。い、やっ……変、っ……」

「前もしただろ」

「こんなっ……ちがっ……」

もう思い出せなかった。それよりも、ずるずると行き来する指に戸惑う。

「あ、あっ……絞め、ちゃう……っ」

力を抜けず、ぎゅっと狭まると、武彦は指を抜く。すると内壁が擦られ、肌が熱く火照る。

「それでいい、から……無理に力抜いてなくていい」

「抜けって、言った……っ」

「怒るな。協力しろよ。こんなんじゃ、俺のなんか入らないだろ」

「じゃあ、布団でしてよっ……。こ、んなっ……、あ。あぁんっ」

ぐりっと指を動かされ、甲高い声が出た。

「それそれ、サト。その声……っ」

「ば、かっ……」

足をばたつかせると、腰を引き上げられる。額《ぬか》ずく姿勢で高くした腰に、指が深く押し込まれた。

「あっ、あっ……っ」

スムーズに動くのを確かめた武彦はやっぱり容赦ない。太く長い指をせわしなく動かされ、内壁がぐちゃぐちゃと掻き回される。

「い、ぃやっ……。あ、あっ、あぁ……っ！」

声を出さずにはいられなかった。喘ぎが乱され、ムズがゆさが快感だと教えられる。

「ひ、ぅ……ぅうんっ……」

目の前で、なにかが、ぱっと弾けた。からだがガクガクと震える。

「ヒコ、さんっんんっ……ッ」

手足を突っ張らせると、足の間から手が伸びた。

「は、んっ……あぅっ」

さっき出したばかりのそこを掴まれ、半勃ちのものをしごかれる。

「あぁ、っ、あっ、っ……」

「……マジで、挿れたい……っ」

いきなり尻を舐められ、サトは驚いた。唾液で濡れた肌がすっと涼しくなり、熱い息遣いが近づいたと思った瞬間には舌が這った。

「う、そっ……」

ヌメヌメとした動きは指以上の『快感』だった。信じがたい行為に戸惑う暇さえ与えられず、武彦に舐められていることを認識しただけで股間《こかん》が張り詰めた。

「あぁっ……、入れ、たらっ……」

ぐっと奥歯を噛んだ。イクとは言えない。穴を舐められて、そんなことを口走るのは恥ずかしい。

でも、からだは素直だ。腰がひくひくと前後に揺れ、全身が敏感になる。

「ひこ、さんっ……もぅ……やだ……」

激しい息遣いを繰り返して、腰を揺らした。でも、武彦はそこから離れてくれない。キスするようにぴったりと合わさるくちびるの感触と、差し込まれる舌のいやらしさに、サトは腕を伸ばした。落ちているバスタオルを摑み寄せる。

「い、くっ……。いくっ……」

武彦の手にしごかれ、また果てる。短時間に二回もイかされたサトは、もう自分には性欲が残っていないような気分になった。

でも、足を摑まれて仰向けに転がされ、開いた膝の間に武彦を挟むと心はまた震え始める。新しい欲望が目を覚まし、自分の顔を腕で覆い隠した。バスタオルで口を拭った武彦が腰を押しつけてくる。

「気持ちよくなっただろ」

いたずらっぽく笑われて、腕をバシンと叩いた。

「おまえの腰がひくひくして、すげぇいやらしかった」

そっぽを向くと、からだを引き起こされる。

「本番、しよう」

顔を覗き込まれ、

「もぅ……ムリ」

そう言ったのは甘えたかったからだ。ちやほやと口説かれたくて首を振ると、武彦はまんまと引っかかる。困った目をして、サトの前髪を指で分けた。

「俺はまだ一回しか……」

「口で……」

「わざとだな」

頬をぎゅっとつねられて、サトは身をよじって逃げた。足首を取り押さえられる。

「仏間でやろう」

「布団は……」

「メシの前に、用意した。ティッシュも枕元《まくらもと》に」

手を掴まれ、立たされる。こめかみにキスされながら仏間に入ると、確かに薄闇の中に白いシーツのかかった布団が敷かれていた。枕が二つ並んで、そしてティッシュが枕元に置かれている。その隣には謎《なぞ》のボトルも置かれていた。そして、コンドーム。

「なんか、すごく嫌だ」

そう言って振り向き、明かりをつけようとしている武彦の手を押さえた。

「明るいのは、嫌だ」

「見たい」

「……目は慣れる」

そう訴えてキスをする。何度か、つける消すの攻防を繰り返すと、武彦があきらめた。

サトが腰に手を伸ばし、そのまま沈み込んだからだ。

根元にキスをして、先端から口に含む。

もう咥《くわ》えきれないほどの大きさになっていて、深いフェラチオは無理だった。

「サト……」

前髪を両手で掻きあげられ、促されるままに上目遣いを向ける。武彦の下半身は敏感に反応して、くちびるから抜け跳ねた。

「ん……」

両手で摑むと、武彦が腰を引く。

「これ以上焦《じ》らされたら、ぶち込むぞ」

慌ただしく布団の上に連行されて、あっという間に組み敷かれた。

引っ摑んだ枕を腰の裏に押し込まれ、膝の裏を自分で抱えるように促される。

「枕、汚れる……」

「そしたら、捨てるから。とりあえず、もう喘ぐ以外はするな」

ティッシュの横に置かれたボトルを引き寄せた武彦は、眉をひそめてキャップをはずした。

「あっ……」

それがローションだと、ぬめりを擦りつけられて初めて知る。

「んっ……」

「挿れるぞ、サト」

ぴったりと先端を押し当てられ、コンドームが頭をよぎったが言葉にはしなかった。喘ぐ以外はするなと武彦が言ったのだ。だから、武彦が悪い。そう自分に言い聞かせる。

武彦がローションを塗りたくった切っ先は、慣れないサトのすぼまりに拒まれて滑った。じれったさに、互いの息があがる。

「ヒコ、さん……っ」

「なに？」

怒ったような声で言われ、サトは抱えた膝の間から相手を見た。

「押し込んで」

気遣われていることはわかっている。でも、まどろっこしくて待てなかった。

二回もイかされて、からだは疲労している。でも、欲望はほどよく熱を帯びて、本当のセックスを待ちわびていた。

「……欲しい」

ささやいたのと同時に、武彦が獰猛《どうもう》な目を伏せた。自分の性器を握りしめ、サトのすぼまりを指で開く。その隙間に亀頭がめり込んだ。ぐいぐいと押され、足先が揺れる。

「あっ……あぁっ」

すぼまりをきしませるようにこじ開けられ、指とはまるで違うものが入ってくる。息をするのも怖いほどの衝撃だった。押し広げられ、ムズムズとした刺激がからだの内側に生まれる。

「あ、あぁっ、あああぁっ！」

生まれて初めて知る感覚の激しさに、声を出さずにはいられなかった。

ずず、ずずっと、武彦の熱は一気にサトを貫いた。それを快感と呼べるのか、判断がつかないうちから揺すられ、たまらずに声を振り絞る。

「あ、あんっ……ん、ぁ……あっ！」

「……ぁ、すごっ……」

信じられないと言いたげな武彦が首を振る。揺れた髪が、噴き出した汗に濡れて肌へ貼りつく。

「エロすぎるだろ、これ……っ。吸いついて……。すげ、えろぃ……想像以上……」

自分のくちびるを舐めた武彦は、ゆっくりと、でも確かな目的をもって腰を動かした。張り詰めた先端で内側に線を引かれ、サトはたまらずに声をあげた。わななきながら、のけぞる。

「あぁ、んっ……ぁんっ」

突くと声が乱れることに気づかれ、ズン、ズンっとリズムよく刻まれる。そのたびに粘膜を押し広げられ、サトは自分の足をしっかりと抱きしめた。

腰がわなわなと震え、熱い痺《しび》れに酔う。快感だとはっきりわかり、くちびるをきゅっと噛みしめる。

「……っふ……ぅ、んっんっ」

快感に喘ぐのをこらえたと見透かしている武彦は、さらに腰を振り立て、サトの太ももの裏を押さえつけた。ふたりを繋ぐ楔《くさび》がいやらしく濡れた音を響かせ、お互いの興奮を煽る。

「ひこ、さんっ……っ。あっ……あぁっ」

「……気持ちいいか。サト。ここ？　おまえのいいとこ、どこ」

ぐっと上半身を倒され、サトは自分の膝を手放した。代わりに武彦のからだへと腕を回し、あけすけにくちびるを求める。

ぬるっとした舌先から触れ合い、瞬時に快感が生まれた。ざわざわっと湧《わ》き起こった渦に、サトは転げ落ちていく。

「……ぁ、くぅ……っ、いくっ……」

声を出すと肉が狭まり、武彦の昂ぶりを締めつける。武彦が息を乱し、低く唸って視線を合わせてくる。

「サト……っ、あぁっ」

苦しげに呻《うめ》いたかと思うと、サトの中に納まったものが激しく律動した。武彦の腰がスパートをかけ、肉がぶつかり合う。

「あ……っ、んっ」

中に出され、サトはくちびるを噛んだ。抱かれているという実感が極まって、肌がいっそう汗ばんでいく。

足の先でシーツをなぞると、

「……ゴム、忘れてた」

サトの胸に額を預けた武彦から申し訳なさそうに言われ、そうして欲しかったという代わりに腰をよじらせる。

「サト……」

「ヒコさん」

くちびるが柔らかく触れ合う。穏やかなキスだったが、武彦はまだ離れなかった。サト

にとっても嬉しい余韻だったが、繫がった場所に違和感を覚える。

「……復活しそう」

武彦に言われ、サトは驚いた。

「な、んで……」

出したばっかりだ。なのに、射精して萎《しぼ》んだはずの肉茎はまた脈を打って太くなる。

「おまえが、しごくから。内側がウネウネして、たまらない」

「あぁ、あぁぁ……ん」

揺すられ、声が洩れる。

「きもちよさそうに喘いで……。もっと声出していいよ。おまえの声、好き」

「……うそ、やだっ」

ずくずくと動き出した武彦は、さっきよりも形がはっきりしていた。サトの内壁も敏感になっているのだ。襞《ひだ》がカリ首のでっぱりに刺激され、搔き乱される。

「はっ、ぅ……ん、んっ」

「や、わらかっ……。あぁ、きもち、いっ」

武彦から卑猥《ひわい》な感想をささやかれ、足をさらに大きく開かされる。武彦がそこを見下ろした。

「ずっぽり入ってる。なぁ、根元まで、もうちょっと……。こらえて?」

言われた瞬間に先端がさらに奥を突いた。狭まった場所をごりっと刺激され、

「ひぁっ……っ」

快感に腰がよじれる。痛みはまるでない。でも、鈍い感覚はあって、擦られるたびにぞわぞわと腰が痺れる。

「あ……ぁ、あぁーっ。あぁっ」

「そんなに悶《もだ》えて、ほんと……っ」

ぐいっと腰を摑まれ、引き寄せられるのと同時に貫かれる。ゴッゴッとぶつけられる感覚に、サトはのけぞった。開いた腕が、もうひとつの枕を摑む。

「あぁっ、あぁんっ！　んっ！　あんっ、あ、んっ」

「もっと、大きい声、出せば？　きもちよくて、たまらないだろ。聞いてやるから、出せよ。あいつらがいたら、出せないような声……」

「や、めっ……そこ、ばっかぁ……あっ、あっ」

「嬉しいくせに。……俺は嬉しい。おまえがあんあん叫んでるの、サイコーに気持ちいい」

「……やだ、やっ……うぅっ、んっ、んっ」

「中出ししてごめんな。ちゃんと用意してたのは見ただろ？　でも、いまさらだから……」

額から汗を滴らせた武彦が、サトの両脇に腕をつく。からだをスライドさせ、腰を回す。

「今夜はバカみたいに出そう……。おまえの中、俺の精子でいっぱいにする。いいよな、サト。いいよな」

「だ、めっ……だめ、あんっ。ぁ、んんっ……」

「いいだろ。今日だけ、次は絶対に着けるから」

「ナマ、きもちいっ、から……出したら、やだ……ぁ」

「バカ……煽るな」

上半身を起こした武彦の膝の上に腰が引き上げられる。がつがつと短いストロークで激しく突かれ、サトはエビ反るように大きくのけぞった。

汗の滴る額を腕で拭い、武彦はにやりと笑う。

「あー、イキそう。もう、二発目、出そう……。まだできるから、ひとまず出すけど……」

「だめ、だって……！」

両手を伸ばして止めようとしたが、その手首を掴まれる。

「出る……慎也っ、慎也っ」

「ああっ……い、くっ」

思わず叫んだのは射精したかったからじゃない。出すと言われ、からだがその感覚を思い出しただけだ。でも、宣言通りに射精されると、サトのからだの内側も強張った。なにも出ていないのに、腰が脈を打つ。内太ももに甘だるさが広がり、視界が涙で揺れる。

「感じやす……」

サトの手首を拘束したまま果てた武彦は、楽しげに肩を揺すった。それだけで肉が擦れてせつなくなる。

「ヒコさんが……っ」

「待って、待って。泣くのは、なし」

瞳が勝手に潤むのだ。泣きたいわけじゃない。

でも、それを見た武彦は、慌てふためいて顔を覗き込んでくる。その動きにも腰は快感を覚えたが、あとは意地になってこらえた。きつく相手を睨む。

「ヒコさんが、きもちよく、するからっ」

「そうそう。わかってる、わかってる。サト……。な、こういうのがセックスだから。

……ひどかった？　俺、嫌なこと、言った？」

涙を見せると途端に弱くなる。そういうところが武彦のいいところだ。ぎゅっと抱きしめて、足で腰を挟んだ。

「ひどい……」

肩へ額をすり寄せる。

「こんなの……。覚悟しても、意味ない……」

「サト」

「くせに、なりそ……」

「ん？」

顔を覗き込まれそうになって逃げる。頭を振ったが押さえつけられた。

「ビビらせんな」

「気にしてないでしょ……」

そらした視線の中に入ってきた武彦は笑っている。チュッとキスされた。

「俺だって、こわいよ。……でもごめんな。勃つんだよな、なんでだろうな！」

照れ隠しの陽気さで、ハハッと笑う。

「体勢、変える？」

「ん、じゃあ……」

後ろからかと思ったが、揃えた両足を片側に倒しただけだった。横向きに寝た格好だ。股関節を気づかったのだとわかったが、優しさというよりは、まだまだヤる気なだけじゃないかと不安になる。

聞くのは恐ろしく、そしてかなり期待している自分に気づく。

「ヒコさん……っ」

肩をかじられて声がうわずる。

「また気持ちいい？　慣れてきたんだろ」

「……こんなっ……あ、なんで、さっきより、硬いの……っ」

「若いから」

だけじゃないだろう。いままでどうやって晴らしてきたのかと思うような性欲の強さだ。

「絶倫……」

声に出してつぶやくと、腕にがぶっと歯を立てられた。

「最高回数、聞いておくか？」

「……いら、ないっ」

まだ一度も抜かれていない。入ったまま抜き差しが続けられて、そのたびに中に出された精液が混ぜられる。いやらしい音ばかりが大きく響き、サトの頭はさらに痺れ始めた。

「おまえの中が、気持ちいいのも悪い……っ、また、いきそ……っ」

「やだっ！」

びくんっとからだが跳ねて、サトはシーツを掻き集めた。

「すぐ、イかない、でっ……」

からだが痙攣《けいれん》して、力を抜くとぶるぶる震えてくる。

「ヒコさん、ヒコさんっ……。あぁっ、動いてっ……」

求めると、武彦は腰を揺らした。下側にした足をまたぐように乗られ、さっきとは違う角度で中を擦られる。

ピンスポットを責められる快感ではなかったが、揺らされると振動が伝わって、じれったくて気持ちがいい。

「ぅ……はぅ……。すご、い……気持ち、くて、……きもち、よくてっ……すごいっ。……あ、あっ」

ぼんやりとしてきて、自分がなにを言っているのかもわからなくなる。まるでアルコールに酔ったような感覚の中で、太ももを摑む武彦の指に触れた。

「うれしい……っ。ヒコさんのが、入って……うれしい」

「もっと……よく、してやる」

ぐちゃぐちゃと音をさせながら、貫かれる。

「もっと、激しくして……、乱暴に、して」

それが嗜虐《しぎゃく》ではなく、愛情だと知っている。求めずにいられない激しさを分かち合いたくてせがむ。

「できるか。おまえ……。おれが、どれほど大事に」

「知ってる、からっ……。もっときつく、して欲しい。あ、あっ、……いっぱい、声出したい。おっきい、声っ。……聞いて欲しい。ヒコさん、聞いてっ」

「く、そ……っ。知らねぇぞ」

「あ、あぅ……っ。ううっ、う、んっ……！」

武彦が抜き差しをするたびに、結合した場所から精液が溢れ出る。濡れて濡らされて、サトは身悶えながら叫んだ。

気持ちよくて、気持ちよくて。

それが好きな人だと思うと、もうなにもかもがせつなくて。

さらけ出して受け入れる快感にさえ溺れてしまう。

「慎也……っ」

「ひこさ……っ、武彦、さんっ……」

クライマックスはやっぱり正常位で抱きしめられ、サトも背中にしがみついた。立てた爪が逞しい背中に赤い線を残す。

その痛みに快感をこらえた武彦は、吠《ほ》えるように唸った。

＊＊＊

そして、朝が来る。

「信じられないっ。いま、何時だと思ってんの！」

廊下から聞こえるのは、陽介の怒鳴り声だ。

「六時だよ、六時。夕方の！　なんで寝てんの。っていうか、抱きつぶしてんじゃねぇよ！」

「まぁ、まぁ。陽ちゃん」

なだめているのは、のんきな声の健二だ。

「初めてなんだし、ヒコさん本気出ちゃったんだよ」

「出すな！　相手は素人の！　初心者の！　バージンだろうが！」

それを叫ばないで欲しいと、清潔な夏生地のシーツに寝かされたサトは思う。年長組の笑い声が遠くから聞こえる。仏間と隣の部屋を隔てている襖が開いた。

「平気？　痛いところは？」

声をひそめた杉村が顔を出す。

サトはタオルケットで顔を半分だけ隠した。首を左右に振る。

部屋の外ではまだ陽介が喚いていた。

「いったい、何回やったんだよ！　ケダモノ！」

「聞くか？　そんなこと」

武彦が言い返す。その声はどこか楽しげに弾んでいて、だからいっそう陽介が怒る。

肩をすくめた杉村が襖をそっと閉めた。

回数なんて覚えていない。気持ち良すぎて、途中からの記憶はぐちゃぐちゃだ。

朝が来て、一緒に眠って。日が高くなってから、コンビニのサンドイッチを武彦にもたれて食べた。そして、なぜかまた、そのままセックスをした。

サトは朝から一度もまともに歩いていない。トイレに行くのも武彦の手を借りないとダメなほど、からだ中が筋肉痛で、足に力が入らない。なのに不思議と、セックスはできてしまう。

いまだって、考えるだけでからだが火照って恥ずかしくなる。

押し広げられる感覚を知った場所が、武彦を欲しがってさびしがるようだ。

「もー、サトさんは具合が悪いんだから。静かにしてください」

外の騒がしさに割って入ったのは、幼い子どもの声だ。大人たちはぴたりと黙る。

廊下側の襖が開いて、柔らかな足音が近づいてくる。

陸はなにも言わずに枕元へ座り、サトのタオルケットをとんとんと叩いた。あやしているつもりなのだ。

「あー、なに、これ。なごむぅ」

健二がぼそりと言う。

「サトさん、だいじょうぶ？　お熱、あるの？」

「りっくん。おかえり。だいじょうぶだよ。ごめんね……。旅行、どうだった？　おはなし、聞かせて」

サトが声をかけると、襖を開けたままにした武彦がやってくる。陸を膝に抱きあげて座った。

幸せそうな笑顔を見せた子どもは、意気揚々と話し出す。

陽介と健二が巻き起こした騒動。ジェットコースターには頑として乗らない宮本の話。迷子になった杉村と北原のことも、わかるようなわからないような、つたない言葉で懸命に話してくれる。

楽しんできた雰囲気がわかれば、サトと武彦は満足だ。

そして、いつのまにか、ふたりは手を繋いでいた。触れ合っていることがもう当然になっている。

指が絡んで、そこから確かな幸せが生まれ、この家の中をふんわりと満たしていく。

「うどんでも作るかぁー」

北原が声をあげ、若手が俺も俺もと手を挙げる。台所へと去っていき、宮本が仏間に顔を出した。陸の話を邪魔しないように、武彦が指を三本立てて見せる。三人分の注文だ。準備ができたら呼びに来てくれるだろう。

残された問題は、サトが起き上がれるのかどうかだった。

あとがき

こんにちは、高月紅葉です。

『白鶴組に、花嫁志願の恩返し。』を手に取っていただき、ありがとうございます。

今回のジャンルは『アットホーム・アウトロー』というところでしょうか。作中でも繰り返している通り、白鶴組は指定暴力団ではないので、アットホームヤクザと言うと、ヒコさんから「うちは、ヤクザじゃないんでね」と言われそうな気がします。

肩を寄せ合って生きている男所帯が書きたかったので、登場人物が多くなってしまい、読者を混乱させそうと思いつつも誰も削れず……。いないならいないでいいけれど、やっぱりいてほしい面々をお楽しみいただけたら嬉しいです。

書いているあいだ、ヒコさんがとっても好きでした。こんなに好きだと思って書くのはいつぶりだろうかと遠い目になるぐらい。傷ついていることを押し隠して生きるのは、ヒーローの醍醐味《だいごみ》ですね。言葉も素行も、すごい悪いけど。

そして、次点は隻腕《せきわん》の杉村です。元々すごく性格が悪そうなので、怒らせたくない人ナンバーワン。でも、身内に対しては怒りそうもないので、みんなから恐がられるのは、やっぱりサトでしょう。最年長の北原でさえ正座させられそう……。いったい、何をして怒られるのか、謎ですが、おそらく陸と一緒になって、障子に穴を開けまくったり、とか。張替えを手伝う宮本の姿が目に浮かびます。生粋のいい人。

陽介と健二は、お約束の『おりこうとバカの子』年少コンビ。陽ちゃんはこれからも、隙あればサトに色目を使いそうですが、ヒコさんへの対抗意識が多分に含まれています。そういう子どもっぽさも含めて、男としてはこれからです。

ちびっ子・陸は、あのまま、まっすぐ育ってほしいと思いながら書きましたが、すでに『リトル・ヒコさん』の片鱗《へんりん》が見えてますね。

機会があればまた、陸の成長も含め、賑やかな白鶴組を書きたいです。

末尾になりましたが、この本の出版に関わったすべての方々と、最後まで読んでくださっている皆様に心からのお礼を申し上げます。

高月紅葉

本作品は書き下ろしです。

ラルーナ文庫

この本を読んでのご意見・ご感想・ファンレターなどお待ちしております。〒111−0036 東京都台東区松が谷1−4−6−303 株式会社シーラボ「ラルーナ文庫編集部」気付でお送りください。

白《はく》鶴《つる》組《ぐみ》に、花《はな》嫁《よめ》志《し》願《がん》の恩《おん》返《がえ》し。

2017年11月7日 第1刷発行

著　　者｜高月《こうづき》 紅葉《もみじ》

装丁・DTP｜萩原 七唱

発　行　人｜曺 仁警

発　行　所｜株式会社 シーラボ
〒111-0036 東京都台東区松が谷 1-4-6-303
電話 03-5830-3474／FAX 03-5830-3574
http://lalunabunko.com

発　　売｜株式会社 三交社
〒110-0016 東京都台東区台東 4-20-9 大仙柴田ビル 2 階
電話 03-5826-4424／FAX 03-5826-4425

印刷・製本｜中央精版印刷株式会社

ISBN978-4-87919-004-8